카모테스

카모테스

김영민 소설집

도화

카모테스

초판 1쇄인쇄 2018년 12월 8일
초판 1쇄발행 2018년 12월 10일

저 자 김영민
발행인 박지연
발행처 도서출판 도화
등 록 2013년 11월 19일 제2013-000124호
주 소 서울시 송파구 중대로34길 9-3
전 화 02) 3012-1030
팩 스 02) 3012-1031
전자우편 dohwa1030@daum.net
인 쇄 (주)현문

ISBN | 979-11-86644-73-7 *03810
정가 13,000원

도화道化, fool는
고정적인 질서에 대한 익살맞은 비판자,
고정화된 사고의 틀을 해체한다는 뜻입니다.

차 례

태인은 불쾌했다. 아무리 볼모로 왔다지만 자신은 조국朝國의 왕자이지 않은가. 드넓은 대궐을 거닐던 몸이 겨우 대나무로 둘러싸인 다께다 가家의 좁은 뜰에 갇혀 울안의 곰 같은 생활을 하고 있다니. 태인은 지루해 몸살이 날 지경이었다. 처음 이곳에 왔을 때는 아기자기하게 꾸며놓은 정원이 마치 거대한 산을 통째로 옮겨온 듯 제법 그럴듯했다. 옹기종기 모여 있는 단풍나무와 자두나무 사이사이로 계곡이나 폭포를 끼워 넣었고 그 아래로 아치형 다리를 놓았다. 매화꽃이 지고나자 잠시 쓸쓸했지만 곧이어 벚꽃이 빛을 발하듯 피어나 한밤중에도 주변이 환할 정도였다. 그러나 얼마 안 되어 벚꽃이 지고나자 모든 것이 시들해졌다. 조그맣게 축소해놓은 정원은 옹색해보였고 여러 겹 겹쳐 입은 폭넓은 옷감을 휘어잡고 오종종 걸어대는 여인네들은 톡 치면 종이

인형처럼 그 자리에 주저앉을 것 같아 불안해 보였다. 무엇보다 아무 할 일이 없다는 게 못 견딜 노릇이었다. 이제 서너 달이 지났을 뿐인데 앞으로 기한 없는 이곳 생활이 끔찍하게 여겨졌다.

다께다 가와의 첫 만남에서는 공식적인 통역사가 서로의 상황과 입장에 대해 자세히 설명해 주었다. 우선 화국和國에서 요청한 볼모에 태인이 선택되었을 뿐 개인적으로 나쁜 감정은 전혀 없다는 걸 알아주기 바란다고 강조했다. 더불어 천황가의 부탁으로 선정된 다케다 가에서 머무르는 동안 부디 편히 지내길 바라며 불편한 점은 언제든지 말만 하라고 했다. 그런 다음날부터 필요할 때 부르라던 통역사는 그의 처소로 가버린 모양이었다. 다께다 가의 맏아들이 태인을 상대하러 왔지만 대화가 통하지 않자 그의 아랫사람 다카시가 나타났다. 태인과 같이 온 범우가 다카시와 손짓 발짓을 섞고 한자를 쓰기 시작했다. 물론 중요하고 정확해야 할 문제라면 통역사를 부르면 되겠지만 어차피 다께다 가의 맏아들과 태인이 정사를 논할 일은 아닌 이상 굳이 정색하며 대화할 일은 없었다.

태인은 특별히 할 일도 없는 터에 이쪽의 책을 구해 글자를 공부하기로 했다. 무료했던 시간이 차츰 견딜 만했다. 개인지도를 해줄 시독侍讀을 소개받아보니 생각보다 나이가 어린사람이었다. 태인은 여태껏 자신보다 어린 사람을 상대해 본적이 없었다. 동생들 외에는 늘 나이 많은 시종이 곁을 둘러싸고 있었다.

그나마 태인이보다 서너 살 많은 범우가 늘 곁에서 손과 발이 되어 주었다. 태인이 이제껏 생부에게 받은 것 중에는 범우가 가장 소중한 선물이었다.

사슴을 닮은 시카라는 이름의 시독은 주름 하나 없이 팽팽한 얼굴이 마치 여인네의 피부같이 매끈하고 수염이 있어야 할 자리에는 어스름한 얼룩이 살짝 묻어있는 듯 했다. 얼굴의 틀 자체가 갸름한 오이씨 같은데다 색깔까지 뽀얀 게 의상을 빼고 언뜻 보면 젊은 여인네의 모습이었다. 다께다 가에서는 시독에게 태인을 떠넘기고는 홀가분한 모양이었다. 태인의 입장에서도 그 집 아들과 만나는 일은 번거로울 뿐이었다.

현덕은 긴 잠에서 깨어났다. 한동안 누워있는 그대로 눈꺼풀만 깜박여 보았다. 주변이 깜깜한 채 아무 소리도 들리지 않는다. 여기가 이승인지 저승인지 구분이 되지 않는다. 발밑 먼 쪽으로 희뿌연 빛이 있다. 달빛이 문풍지에 비친 것 같다. 몸을 일으켜 앉아보니 얇은 이불을 덮고 있다. 옅은 냄새가 났다. 된장 냄새가 틀림없다. 일어나고 싶으나 몸이 원치 않는다. 다시 누워 그대로 잠이 들어 버렸다.

뭔가가 현덕의 얼굴을 문지르고 있다. 익숙한 손놀림이 낯설지 않다. 이건 효선이의 손놀림이 틀림없다. 실눈을 뜨고 코언저리를 닦아내고 있는 손목을 본다. 현덕은 이불 속에서 오른 손을 슬쩍 뺐다. 효선이의 팔목을 지그시 잡는다. 효선이는 깜짝 놀라 엉덩방아를 찧는다. 잠시 눈을 동그랗게 떴다가 얼굴에 함박웃음이 피어난다.

"아가씨. 정신이 드셨어요? 얼마나 걱정했다고요. 여기가 어딘지는 아세요? 시장하시지는 않으세요?"

현덕이 미처 대꾸할 사이도 없이 효선이는 질문을 퍼부어댄다. 현덕은 그저 살포시 웃을 뿐이다. 이렇게 살았으면 되지 않았느냐는 표정이다. 현덕의 손이 배를 감싸 안듯 쓰다듬는다. 효선이 깊은 숨을 내쉰다.

"다행히 무사하십니다."

현덕은 어려운 와중에 효선이 있어 큰 의지가 된다. 주변상황을 둘러볼 새도 없이 효선이 가져온 밥으로 끼니를 때우게 되었다. 조가 많이 섞여서인지 입안이 까끌까끌했다. 반찬이라고는 된장에 절인 무와 가지뿐이었다. 허기진 한 두 끼니를 지나고 나자 음식이 입에 맞지 않았다. 뱃속의 아이만 아니어도 참을 수 있을 것 같았다. 본능적으로 신맛의 유혹이 현덕을 에워싼다. 효선이가 가져온 된장에 절인 매실로는 입맛을 달래기는커녕 헛구역질만 불러올렸다. 그나마 한 여름이다 보니 복숭아의 단맛이 위로가 되었다. 효선이 안채를 드나들며 개미처럼 음식을 날라 왔다. 현덕은 다만 뱃속의 아이에게만 집중했다. 생선과 해산물에 거부감이 없는 게 다행이었다. 생선이라고 해도 신선하고 탱탱

한 살이 아니라 된장에 박아두었던 짭짤하고 찐득한, 마치 젓갈 같은 작은 생선이었다. 간혹 엷은 된장국에 너울거리는 미역이 반가울 정도였다. 효선이는 안채의 주방일과 빨래를 거들었다. 현덕은 그저 효선이에게 미안할 뿐이었다. 효선이의 할아버지와 아버지도 현덕의 집안을 위해 온갖 잡일을 해오지 않았던가.

현덕이 탄 배가 뒤집어졌을 때 현덕과 효선의 수중에 남은 것이라고는 작은 옷 보따리 하나였다. 그나마 그 보따리는 효선의 허리춤에 비끄러맸었기에 가능한 일이었다. 그 속에는 현덕이 아끼던 댕기와 버선, 그리고 옷 서너 벌이 들어 있었다. 된장창고에 자리 잡은 뒤 효선이는 어느새 빨래터에서 사귄 아낙에게 옷을 얻어 입기 시작했다. 옷이라고 해봐야 네모난 천의 한 가운데를 머리가 들어갈 정도만 구멍을 뚫어 입은 뒤 허리부분은 허리띠로 질끈 묶은 것에 불과해서 현덕의 눈에는 그다지 고와 보이지 않았다. 물론 안채 마님들의 여러 겹 겹쳐서 휘감은 옷과는 사뭇 다른 형태였다. 늘 웃으며 넉살좋은 효선은 먹고 자고 입기에 이르기까지 모든 일에 순조롭게 적응했다. 일꾼들과의 대화에 있어서도 아무 두려움 없이 몸짓과 손짓으로 척척 해내는 모습이 신기할 따름이었다. 거기에 비해 현덕은 오고 가는 일꾼들과의 접촉을 최대한 줄인 채 시선을 끄는 게 부담스럽긴 해도 그냥 조국의 옷을 챙겨 입고 있었다.

효선이의 얼굴은 햇볕에 그을려 벌겋게 달아올랐다가 썩은

가지처럼 거무튀튀하게 변색이 되어갔다. 창고에는 거울이 없었기에 현덕은 효선이의 얼굴을 보며 자신의 얼굴도 변해가는 건 아닌지 은근히 염려가 되기 시작했다. 제 아무리 먼 길을 찾아온들 정인의 눈에 비칠 자신의 얼굴이 저렇게 시커멓게 마른 가지나물 같다면 행여 등을 돌리지나 않을까하는 쓸데없는 걱정을 해본다.

안채와 분리된 이곳은 된장을 저장하는 창고이다. 처음 보름 간은 숙성 중인 된장의 냄새를 견디기 어려웠다. 그 냄새를 참기 어려워 효선이가 구해다 준 면 쪼가리로 코를 감싸 쥐기를 반복했다. 냄새에 적응하여 점차 견딜만해지자 이제는 더위가 극심해지며 또 다른 어려움이 생겼다. 된장 때문인지 벌레가 생기기 시작한 것이다. 6월 하순의 우기를 시작으로 알을 까고 나온 애벌레의 활동이 시작된 것이다. 우기의 습한 기온도 견디기 어려웠지만 7월부터 더위가 시작되자 더위와 습도에다 창고의 어둠이 한데 어우러져 벌레들의 안식처가 생사람을 잡기 시작했다. 통풍이 잘 되라고 나무판으로 얼기설기 막아놓은 창고 벽은 겨울이면 볏짚으로 틈을 막는데, 봄이면 그 볏짚을 거둬내 불에 태워도 벌레를 박멸할 수는 없는 일이었다.

이곳 마메다 가家는 된장의 명가다. 이곳에서는 된장의 종류를 크게 흰 된장, 누런 된장, 검은 된장 이렇게 세 가지로 분류한

다음 그 세 가지에 각기 일곱 가지씩 다른 맛을 합해 모두 스물한가지의 된장을 생산하고 있다. 그 많은 된장 가운데 가장 으뜸은 흰 된장 중에서도 '배추꽃 된장'으로 천황 가家에 상납된 이래로 그 명성을 떨친 지 오래였다.

해산달이 다가온 현덕이 식후에 숨이 차 잠시 뒷마당을 걷던 중 마메다 가의 둘째아들 후지오의 측실 소데의 눈에 띄었다. 아이를 낳지 못하는 측실의 눈에 배부른 여인은 유독 지나쳐 지지 않는 모양이다. 더구나 현덕의 옷매무새만으로도 이미 시선을 끌기에 충분했다.

소데의 배려로 현덕은 겨우 뒤채로 옮겨 몸을 풀 수 있었다. 현덕은 갓난아이의 쌔근거리는 모습에 온갖 시름이 다 날아간 것 같았다. 소데는 갓난아이를 보고 싶은 마음에 현덕을 자주 방으로 불러들였다. 현덕의 품에서 젖을 빠는 아이를 보며 소데는 간혹 눈물이 글썽거리기도 했다. 그럴 때마다 젖을 먹이던 현덕은 민망하고 쑥스러워 어찌할 바를 몰랐다. 어느 날 느닷없이 찾아온 후지오의 발걸음에 현덕은 놀라서 그대로 몸이 붙어 버린 것 같았다. 후지오의 방문에 소데의 의도가 숨어 있었다는 것을 현덕이 알 리가 없었다.

현덕이 후지오의 두 번째 측실이 된지 반년이 지났다. 현덕의 딸 아끼코는 자식이 없는 소데의 극진한 사랑을 받고 있다. 어떤 때는 아끼코가 마치 그녀의 자식이 아닐까 의심이 생길 정도 였다. 현덕이 후지오의 측실이 되기로 마음먹게 된 건 아끼코의 영향이 컸다. 이곳 마메다 가는 주종관계가 분명했고, 이런 관계 가 눈에 확연히 드러나는 건 밥을 먹을 때였다. 현덕은 아끼코 가 밥상 없는 바닥에서 밥을 먹으며 살게 할 수 없었다. 비록 자 신의 몸이 종살이를 하더라도 아끼코만큼은 제대로 키우고 싶었 다. 현덕이 된장창고에서 벗어나는 길은 한가지뿐이었다. 그 일 은 소데가 주선해 주었다.

소데는 현덕의 품위가 상하지 않도록 애써 주었다. 어차피 현 덕이 아니라도 후지오는 애를 낳을 수 있는 또 다른 측실이 필요 한 터였다. 소데는 이 일을 성사시킴으로써 자기편 한사람을 얻 고 더불어 본부인의 질투심을 분산시킬 수 있었다. 소데에게 날 아오는 백여 개의 날선 화살을 현덕과 나눔으로써 고통을 줄이 자는 셈법이었다.

후지오는 현덕에게 자상한 지아비였다. 말이 통하지 않을 때 는 따뜻한 눈빛과 태도로써 현덕을 안심시켰다. 한 해가 지났을 즈음에는 현덕의 어휘력이 늘어났다. 후지오는 알고 보니 말이 안 통해서가 아니라 원래가 말이 적은 사내였다. 언제나 소리 없 이 빙긋이 웃는 까무잡잡한 얼굴의 후지오는 유난히 하얀 치아가 현덕의 마음을 설레게 하는데 한몫을 한다. 현덕은 후지오와 서 먹했던 시기가 지나자 어쩌다 문득 태인이 생각날 정도였다. 후지오의 커다란 존재감에 현덕은 스스로 놀라웠다. 후지오의 모습은 화국에서 확연하게 구분되는 넙데데하게 네모난 얼굴과는 다르게 세련된 계란형의 얼굴에 가까웠다. 마메다 가의 일꾼 중에도 두 가지의 얼굴형이 눈에 띄어 후지오에게 물어보니 주로 네모형의 얼굴은 조몬인의 혈통으로 대부분 여기에서 먼 동쪽의 천황 가가 가까운 중심부에서 온 사람들이라고 했다. 현덕은 잠시 멍해졌다. 그렇다면 태인은 그쪽에 있을 터였다. 여기에서 멀다고 했다. 이미 마음속에서 포기했지만 그래도 평생 만날 수 없을 것이란 생각에 가슴이 먹먹해졌다.

후지오와 함께 하는 밤이 늘어가면서 그의 품을 기다리는 감정에 현덕은 죄책감이 쌓여갔다. 그 죄책감은 아끼코가 말문을 트고 나자 더욱 현덕을 옥죄었다. 간혹 아끼코가 후지오 앞에서 애교를 떨면 현덕에게는 왠지 모르게 온 몸으로 찌르르한 따가운 감정이 지나갔다.

현덕은 태인과의 혼인이 결정되었을 때 꿈인지 생시인지 구름 위를 걷는 기분이었다. 자신이 한 나라의 세자비가 된다는 게 믿어지지 않았다. 더구나 한밤중에 현덕의 오라버니를 따라온 태인의 얼굴을 보고 난 뒤에는 더욱 가슴이 설렜다. 혼인 날짜를 보니 긴 겨울이 어서 지나고 꽃피는 봄이 와야 했다. 남은 겨울이 유난히 지루했다. 예전 같이 한겨울의 놀이에도 관심이 없었다.

남동생이 연을 날릴 때마다 따라 나가고 싶어 안달하다가 나중에 뒤뜰에서, 효선이 가져온 연을 몰래 띄우며 먼 고장의 모습을 궁금해 하던 시절이 언제였나 싶었다. 갑자기 어른이 된 것 같이 그저 태인과 함께 보낼 시간만을 그릴 뿐이었다.

태인은 갑자기 다리가 후들거렸다. 자신이 느닷없이 화국의 볼모로 정해졌다는 게 믿어지지 않았다. 굳이 태인이 아니더라도 동생이 둘이나 있었기 때문이다. 더구나 이제 석 달 후면 혼인하기로 혼처까지 정해지지 않았냐 말이다. 왜 자신이어야 하는지 알 수 없는 노릇이었다. 역시 동생들은 살뜰히 챙겨주는 생모가 있었다. 태인이 비록 적자이긴 해도 생모를 잃은 뒤 기가 많이 죽은 상태였다. 물론 겉으로 달라진 건 아무것도 없었다. 남동생들과의 사이도 여전했다. 그럼에도 태인은 한쪽 날개를 잃은 불안전한 새의 모습이었다.

현덕은 구슬픈 새의 울음소리를 듣고 잠이 깼다. 다시 잠을 자려할 때 느닷없이 효선이가 방문을 두드렸다. 태인이 차마 그냥 떠날 수 없다고 했다. 효선이와 범우가 망을 보며 현덕은 태인과 밤을 지새웠다. 미처 매화꽃이 피기도 전에 태인이 떠났다.

날이 갈수록 현덕은 입맛이 없어지고 얼굴이 은행잎처럼 노랗게 색이 바랬다. 불러오는 배를 어쩌지 못해 현덕은 결심했다.

현덕은 오라버니와 남동생의 도움으로 배를 탈 수 있었다. 차마 부모님을 뵐 수 없었다. 오라버니가 현덕을 위로해 주었다. 오라버니와 남동생과 달리 하늘은 현덕을 돕지 않았다. 당국唐國의 책을 실은 배는 화국으로 갈 때마다 뒤집어진다지만 아무 상관 없는 현덕이 탄 배도 뒤집어졌다. 현덕이 한 가지 놓친 사실은 배를 타고 무작정 화국으로 가면 태인이 있는 곳에 다다를 수 있다는 무모한 생각이었다. 태인이 간 곳은 긴 바닷길을 휘어 돌아 천황 가가 가까운 나니와항으로 직접 닿은 것이다. 현덕이 탄 배로는 감당할 수 없는 뱃길이었다. 하물며 그 배는 북큐슈의 이름도 없는 바닷가에 난파되어 현덕은 콩을 실어 나르던 마메다 가의 배에 구조된 것이다.

큐슈지역은 쌀의 주요 생산지이다 보니 쌀로 만든 술이 풍부했고 그밖에 해산물은 생산되어도 콩의 재배지로는 마땅치 않았다. 마메다 가는 예로부터 조국의 남쪽 해안가로부터 콩을 수입해왔다. 처음에는 조국의 배로 콩을 실어 날랐지만 점차 된장으로 이름을 떨치기 시작하자 아예 조국의 배를 비싼 값을 치르고 사게 되었다. 마메다 가의 맏아들은 조국의 배를 구입한 뒤로 부쩍 바닷길에 관심이 생긴 모양이었다. 당시에는 조국의 금, 은, 동과 철을 실어 나를 수 있는 화국의 배가 없었다. 더구나 화국에서 조국을 방문하는 사절단이나 스님조차도 조국의 배가 뜨지 않으면 몸을 사리고 몇 날이고 무작정 기다릴 정도였다. 마메다

가의 배는, 콩의 성수기에는 조국을 들락거렸다. 그러다가 비수기가 되면 그 배는 화국의 중심부로 된장을 유통하기 위해 출항했다. 화국의 본토는 물론 아이누 족이 있는 북쪽 끝과 남쪽의 류큐 일대가 마메다 가의 배를 쉴 새 없이 움직이게 했다.

시카와의 나날이 늘어갈수록 태인의 언어 실력은 눈에 띄게 늘었지만 가슴은 새까맣게 타들어갔다. 말 못하는 고민이 태인을 괴롭힘을 눈치 챈 건 범우였다. 범우가 제아무리 근원을 따져 물어도 태인은 도저히 말할 수 없었다. 차마 그의 입으로 시카를 사모한다고 말할 수는 없는 노릇이었다. 태인의 마음속에 남아 있던 현덕의 그림자는 말끔히 사라진지 이미 오래였다. 화선지 위에 붓을 잡은 태인의 손을 간혹 시카가 겹쳐 잡기라도 할양이면 태인은 갑자기 숨이 멈추며 어지러웠다. 며칠이 지나도록 그 감각에 사로잡혀 있다가 일부러 글자를 틀리기도 했다. 가늘고 길며 전혀 무게감이 없는 잠자리 같은 시카의 손가락은 따스한 온기만 없다면 도저히 몸의 일부분이라고 생각되지 않을 만큼 살풋했다. 태인은 단지 그 감각과 느낌만으로 긴 밤이 후딱 지나갔다. 그러기를 두 계절이 지나서야 참다못한 범우가 다카시를 만났다. 범우는 태인의 체면을 생각해 이리저리 말을 돌리며 상황을 떠보았다. 다카시는 일부러 말귀를 못 알아듣는 척 한다. 결국 범우는 다카시에게 매달려 사정하는 꼴이 되었다. 아무것도 모르는 태인은 그저 시카와 한방에 기거함에 앞뒤 없이 좋아할 뿐이다. 그럭저럭 태인의 무거운 짐이 소리 없이 내려졌다. 더욱이 그 일에 대해서 어느 누구도 묻거나 아는 척 하지 않았다.

사실 다께다 가의 뜰 안에 갇혀 있는 태인보다는 범우의 활동 범위가 훨씬 넓었다. 태인의 편의를 위해 범우는 다카시와 자주 만나 뭐든지 요구하는 입장이었다. 그러다 보니 다카시를 따라 다께다 가의 집안 곳곳을 둘러 볼 수 있는 기회가 많았다. 유달리 범우의 눈에 띈 건 뒤뜰 가장 안쪽에 머무르고 있는 화장을 한 남자들이었다. 요란한 무늬와 색상이 화려한 여자 옷을 입은 건 기본이고 눈썹을 밀어버린 얼굴에 이마에 먹을 넣은 행색이 섬뜩할 정도였다. 그런 자들 이십여 명이 권문원勸文院이라는 곳에 모여 책을 펼치고 공부를 하고 있는 모습이 범우에게는 딴 세상에 온 듯한 착각을 불러 일으켰다. 더구나 그들의 숫자가 줄었다 늘었다 하는 것으로 보아 어딘가로 송출되어 가는 느낌이 드는 것이었다. 다카시의 말에 의하면 그들이 공부하는 건 여러 나라의 외국어 중에서 각자 하나를 선택해 집중교육을 받는다는 것이다. 그렇다면 시카도 그곳에서 교육을 받았다는 말인가. 그러기에는 시카의 행색이 그들처럼 유별나지 않고 수수한 편이었다.

타국의 주요 인물이 화국에 와서 적어도 일 년 정도 지나 적응이 된 다음, 저 야릇한 사내들이 서서히 접근해서 성적으로 포섭해간다는 걸 범우는 해가 바뀌고서야 어렴풋이 짐작하게 되었다. 그런데 시카는 불과 반 년 사이에 온 것이며 이후의 변화는 너무나 자연스러워서 아무런 경계를 하지 않았다.

다께다 가에서는 태인에게 별다른 반응을 보이지 않았다. 그저 윗선의 하명을 준수한다는 뜻 외에는 달리 어떠한 방침도 내세우지 않았다. 그저 태인이 원하는 걸 줄 수 있는 범위에서는 수락한다는 정도였다. 꿀통에 빠져있는 태인을 보며 범우는 다께다 가에서 일부러 시카를 보냈다고 의심할 수밖에 없었다.

다섯 해가 지났을 때였다. 조국에 볼모로 갔던 화국의 쯔루공주가 붉은 피를 토하는 병이 도졌다고 했다. 본국으로 긴급히 후송하라는 전갈과 함께 태인 역시 드디어 조국으로 돌아갈 수 있게 되었다. 이 소식을 듣고도 태인은 전혀 기뻐하지 않았다. 되레 그의 얼굴은 시커멓게 변해 갔다. 그 이유는 다만 범우만이 헤아릴 뿐이었다.

범우는 자신의 힘으로 할 수 있는 일이 없었다. 다카시가 부지런히 상전을 만나는 눈치였다. 시카는 그저 잠잠할 뿐이었다. 태인은 시카의 마음을 알 수 없어 불안해했다. 소극적인 시카의 태도가 태인의 살을 마르게 했다. 참다못한 범우가 조국으로 따라가겠냐고 시카를 다그치자 시카는 조용히 눈물만 흘렸다. 놀란 범우는 시카를 달래느라 더욱 진이 빠졌다. 시카는 생김새대로 속이 좁고 잘 토라졌다. 목소리가 작은 데다 말을 할 때 사주 입을 가리는 바람에 그 말소리를 귀 기울여 듣느라 상대방이 상체를 기울이게 된다. 범우는 시카와 있을 때는 일부러 떨어져서 큰소리로 말한다. 행여 태인의 심기를 건드리고 싶지 않기 때문이었다.

배를 타는 게 무섭다는 시카로 인해, 뱃길을 최대한 줄이기 위해 태인은 일단 육로를 이용한 다음 조국에서 가까운 항구를 택했다. 배를 타고자 했던 큐슈에 비바람이 몰아쳤다. 범우는 배웅 온 다카시와 그 지역에서 밤을 보낼 곳을 찾아다녔다. 다행히 다카시가 추천한 거상의 집에 쉴 곳이 있다는 전갈을 받고 태인의 일행이 그 집의 대문을 들어섰다.

태인은 울안에 수북하게 피어있는 맨드라미와 채송화가 왠지 낯이 익었다. 화국인들은 누구나 벚꽃에 열광하는 편이었다. 그들은 벚꽃이 꽃 중의 꽃이기에 굳이 이름을 따로 붙이지 않아도 된다며 그저 '꽃'이라고 불렀다. '꽃놀이' 하면 당연히 벚꽃을 말함이었다. 화국의 뜰이 제 역할을 하는 건 그저 벚꽃을 피우기 위해서인 것만 같다. 이 집안의 꽃들은 태인이 오 년이나 머물렀던 공간에서는 결코 볼 수 없던 것이었다. 태인은 가마에서 내려 돌판을 따라 안채로 깊숙이 이어진 뜰을 걸었다. 황족이나 귀족이 아닌 상인의 가문치고는 꽤나 규모가 큰 저택이었다. 그 규모에 걸맞게 뜰 안에 제법 그럴싸한 돌부처와 돌탑들이 늘어서 있었다. 간간이 희미하게 비치는 석등 아래 풍성한 수국 무더기가 몰려 있기도 했다. 시커먼 마룻바닥의 기름먹은 나뭇결로 보아 제법 재력을 갖췄음을 알 수 있었다.

정해준 방에 짐을 부리고 옷을 갈아입자 작은 개인 저녁상이 들어왔다. 작은 접시에 담긴 장아찌 중에 노각을 흰 된장에 절인 것이 유독 태인의 입맛을 사로잡았다. 조가 많이 섞인 밥을 먹던 중, 찰나였을까. 태인은 '어머니'라는 소리를 얼핏 들은 것 같아 퍼뜩 정신이 들었다. 분명 '어머니'라는 여자아이의 목소리였다. 범우는 언제나 뭔가를 먹을 때는 아무 생각이 없어 보였다. 태인은 고개를 갸우뚱하고 다시 조밥을 한술 떠 입에 넣었다. 처음 씹을 때는 모래를 씹는 듯 하다가 이내 야릇한 얕은 고소함이 배어 나왔다. 옆에 앉아 있는 시카를 보니 먹이를 오물거리는 사슴의 수줍은 모습이 태인을 미소 짓게 한다.

식사가 끝나자 이 집의 오래된 술이라며 화지에 붓글씨로 '마메다'라고 써 붙인 묵은 술이 나왔다. 과연 된장으로 명성이 높은 마메다 가라며 다카시가 입맛을 다셨다.

태인은 안주로 나온 바싹 구운 생선과 가지를 흰 된장에 찍어 먹는 맛이 일품이었다. 이제껏 화국에 와서 먹어 본 것 중 가장 입맛에 맞는 것 같았다. 도대체 다께다 가는 이런 음식 맛도 모르는 모양이었다.

술에 약한 시카는 어느새 얼굴이 새빨갛게 익어 있다. 그 모습을 본 태인이 또한 급히 취해간다. 그때 마메다 가의 둘째 아들이라며 한 사내가 공손하게 들어왔다. 장사꾼답지 않고 오히려 글공부가 어울릴 것 같은 용모였다. 말투도 차분하고 귀공자 같은 분위기를 풍기자 내심 술자리가 가라앉는 듯 했다. 의례적인 인사말이 오가고 그가 자리를 뜨려고 할 때 문 밖에서 '아버지, 빨리'라는 말이 들렸다. 틀림없었다. 태인은 낮에 들은 '어머니'가 결코 잘못 들은 게 아니라는 확신이 들었다. 사내가 갑자기 서둘러 나갔다. 태인은 자신이 허둥거림을 알았다. 엉겁결에 사내를 따라 나오고 말았다. 사내가 저만치 걸어가고 있었다. 사내의 왼쪽에는 대여섯 살 된 계집아이가 사내의 손을 두 손으로 잡고 엉켜 가고 있었다. 얼핏 계집아이의 머리에 낯익은 댕기가 묶여 있는 것도 같았다. 태인은 저도 모르게 사내를 따라가고 있었다. 바닥과 벽이 온통 짙은 색의 나무로 지어진 집이었다.

간간이 모퉁이마다 초롱불이 밝혀져 있었다. 몇 바퀴를 꺾었을까. 어느 문인지는 알 수 없지만 사내가 들어간 안쪽에서 여인의 목소리가 들렸다. 화국의 보통 언어일 뿐이었다. 태인은 잠시 서있다가 발길을 돌렸다. 그때 안에서 '안돼요'라는 소리가 들렸다. 태인은 갑자기 취기가 확 올라와 그 자리에 주저앉았다. 시커먼 복도는 어디가 어딘지 알 수 없었다. 복도를 걷는 걸 포기하고 가까운 뜰로 나왔다. 된장냄새와 무슨 꽃인지 알 수 없는 꽃향기

가 뒤섞여 머리가 어지러웠다. 아침에 눈을 떴을 때 태인의 머리
맡에는 범우가 쓰러진 채 잠들어 있었다. 태인은 잠든 범우의 얼
굴을 내려다보았다. 언제나 태인이 곁에서 친구처럼 형처럼 의
지가 되는 범우가 새삼 듬직했다.

날씨가 개여 가마가 준비되고 태인의 일행이 모두 떠날 준비
를 갖추었다. 조국에서 올 때와는 사뭇 다른 단출해진 모습이었
다. 태인은 가마에 올라앉고 쪽문을 반 뼘 정도 열어 두었다. 뒤
에 있는 가마에는 시카가 타고 있었다. 태인은 시카를 데려가는
것만으로 그저 뿌듯해 웃음이 저절로 나왔다. 생각 같아서는 이
좁은 가마에 시카와 같이 타고 싶지만 남의 눈을 의식해 겨우 참
고 있는 것이다. 범우는 귀국한 다음 시카에 대한 질문에 대답할
거리를 찾느라 머릿속이 복잡했다.

현덕은 요즘 세 살 된 아들 류를 돌보느라 집안일에 거의 얼굴
을 내밀지 않았다. 류의 웃어대는 모습에 후지오는 얼이 쏙 빠졌
다고 했다. 현덕은 류를 낳고 나서 후지오와의 부부연이 더욱 돈
독해짐을 알았다. 이제야 비로소 이 집안에 뼈를 묻을 각오를 한
것이다. 긴 말 없이 지긋이 바라보기만 하던 후지오가 날이 갈
수록 현덕에게 사소한 농담과 우스갯소리를 늘어놓는다. 현덕은
여인네의 행복이 이런 거라는 걸 이제야 알 것 같았다. 언젠가부
터는 현덕도 모르는 사이에 밤이면 후지오에게 엿가락처럼 엉키

는 자신을 보고 깜짝 놀라기 일쑤였다.

현덕은 늘 불안했다. 후지오에게는 어엿한 본부인이 딸 셋을 키우고 있었고 소데에게는 비록 자식은 없었지만 엄연히 현덕의 윗사람이었다. 그 와중에 그저 후지오 한 사람만 바라보는 현덕은 언제나 조마조마했다. 이 넓은 집안에 진정 믿을 만한 측근은 그저 힘없는 효선이뿐이었다. 생각 같아서는 자식이라도 많이 낳아 든든한 울타리를 쌓고 싶었다. 또한 자신이 세상을 떠나더라도 형제간에 서로 힘이 될 수 있기를 바랐다.

가마가 대문 쪽으로 다가가고 있었다. 앞쪽의 가마지기가 갑자기 다리를 절뚝거리며 가마가 흔들렸다. 범우가 잠시 가마를 내려놓으라고 했다. 태인은 가마의 쪽문을 활짝 열었다. 열은 된 장냄새가 풍겨왔다. 태인이 열린 쪽문으로 얼굴을 내밀었다. 뭔가 가물가물하더니 태인의 눈앞을 스쳐 지나갔다. 조국에 있을 때 가끔 보았던 흰나비였다. 태인은 가슴이 쓸쓸해졌다. 이곳에 와서는 벚꽃이 지고 난 다음이나 단풍이 질 때쯤이나 느끼던 쓸쓸함이었다.

멀리서 대여섯 살 된 계집아이가 몸종 같은 여인네와 노닐고 있었다. 예사로운 모습이다. 그런데 아이가 등을 돌리자 머리에 댕기가 달려 있었다. 현덕이 아끼던 분홍색과 보라색이 섞인 댕기였다. 태인은 두 손으로 눈을 비볐다. 다시 그쪽을 보았을 때는 아이와 몸종이 사라진 뒤였다. 태인은 꿈속에서 마치 현덕의 그림자라도 밟은 것 같았다. 이제 조국에 돌아간다 하더라도 시카가 있는 한 어차피 현덕을 만날 수는 없다. 현덕은 어떻게 지내고 있을까. 태인은 비로소 무심했다는 생각이 든다. 사람의 마음이란 이토록 간사하단 말인가. 지금은 오직 태인만 믿고 낯선 땅으로 따라오는 시카가 그저 가여울 뿐이었다. 유독 이 집안의 뜰에서 느끼는 쓸쓸한 기분이었다.

현덕이 후지오의 잔에 차를 따르고 있었다. 후지오가 말했다.
"어젯밤에 말이요. 조국에서 볼모로 왔던 왕자가 귀국하던 중 우리 집에 묵었다오."
현덕의 동작이 멈추었다. 후지오가 이어 말한다.
"오늘 조반을 먹고는 바로 떠납디다."
류가 후지오의 목을 끌어안는다. 후지오는 류를 안아 목마를 태운다. 현덕은 방문을 열고 나왔다. 현덕의 발걸음이 빨라진다. 별채를 지나 객사를 확인하고 마당을 가로지른다. 저 멀리에 가마 두 채를 내려놓고 길게 늘어선 일행이 눈에 띈다. 현덕은 가까이 가지 못하고 바라만 본다. 두 번 째 가마의 쪽문이 소심하게 열렸다. 흰나비가 쪽문 앞에서 얼쩡거린다. 손가락 마디가 길고 가냘픈 손이 슬며시 나와 나비를 어우른다. 현덕은 가는 숨을 내쉬었다. 그리고 가벼운 목례를 하고 뒤돌아선다.

현덕은 이제 영영 태인을 가슴에 묻는다. 무겁게 짓누르던 바윗돌이 비로소 홀가분하게 사라졌다. 현덕은 어두운 마루를 버선발로 미끄러지듯 걸어간다. 후지오의 부드러운 목소리가 금세 그립다. 복도를 꺾어 돈다. 진한 된장냄새가 슬쩍 스쳐간다. 갑자기 눈앞이 캄캄하다. 숨이 막힌다. 누군가 현덕에게 보자기를 씌우고 목을 조르고 있다. 현덕은 마룻바닥에 널브러져 손과 발을 버둥거린다. 하얀 버선을 신은 발이 나비의 날갯짓 같다. 후지오의 이름을 부르지만 소리가 되어 나오지 않는다. 현덕은 난파된 배 밑으로 끝없이 내려가는 것 같다. 머리 위에서 비추던 빛이 점점 멀어진다. 머리 위로 휘젓던 현덕의 두 손이 어느새 아랫배를 감싸고 있다. 잠시 후 현덕이 누워 있는 조용한 복도에 흰 나비 한 마리가 잘못 들어와 헤매다 겨우 뜰로 나간다. 복도에 옅은 된장냄새가 남아 있다.

성형충

박 여사는 오랫동안 들여다 본 적이 없던 지하방을 기웃거렸다. 연한 계피향이 슬쩍 풍긴다. 습하고 서늘한 기운이 느껴졌다. 한쪽 벽면에 뭔가 떼어낸 듯한 네모난 자국들이 군데군데 있다. 다른 세입자가 들어오기 전에 도배를 하고 장판을 새로 깔기로 했다. 최 영감은 이곳에서 불과 일 년도 살지 못했다. 그런데도 최 영감의 흔적은 쉽사리 지워지지 않을 것 같다. 그는 지금 어디를 떠돌고 있을까. 박 여사는 자신의 옹졸함이 부끄러웠지만 도저히 최 영감을 한 울타리 안에 둘 수는 없는 노릇이었다.

오늘도 여지없이 계피향이 풍겨오기 시작했다. 지난 겨울은 워낙 추운 날씨라 현관과 주방을 빼고 집안의 문이란 문은 죄다 틈새를 꼼꼼히 막다 보니 미처 바깥의 냄새를 맡지 못했나 보다.

날씨가 풀려 닫혔던 문을 하나 둘 열자 집안과 밖의 공기가 섞이면서 이 냄새가 나기 시작했다. 박 여사는 원래 봄을 좋아하지 않았다. 꽃을 봐도 덤덤했고 봄꽃이 질 때면 지저분하게 꽃잎이 흩어져 있는 걸 질색했다. 게다가 봄비라도 와 버리면 바닥에 달라붙어 있는 꽃잎파리들이 낙엽보다 더 지저분해서 여간 싫은 게 아니었다. 그런 박 여사가 오십 대를 넘어서자 감정이 달라졌다. 스스로 생각해도 이상하리만치 봄꽃을 보며 숨 가쁜 기쁨을 알게 된 것이다. 놀라운 일이었다. 봄꽃이 핀 걸 보고 기뻐하다니. 역시 세월 앞에 무색해지는 감정의 혼동을 겪었다.

박 여사는 한여름의 수국이 만발한 정원으로 나왔다. 수국은 뱀이 좋아한다는데 혹시 이 근처에 숨어 있는 건 아닐까, 라는 막연한 생각을 하고 앉아 있었다. 뒤뜰 세입자들이 사는 쪽에서 바람결에 계피향이 솔솔 풍겨오고 있었다. 지하에 새 사람이 들어온 이후 부쩍 계피향이 자주 풍겨오고 있다. 그뿐이 아니다. 뒤쪽으로 나있는 세입자들의 쪽문으로 거주자는 분명 아닌, 그렇다고 그들의 일가친척도 아닌 것 같은 이들이 부쩍 드나든다는 걸 어렴풋이 알게 되었다.

일주일에 서너 번씩 집 주변을 정리하고 청소를 해 주는 김 씨 아저씨의 말에 의하면 새로 이사 온 최 씨라는 영감이 좀 수상하다는 것이다. 그 집 쓰레기통은 늘 잡동사니로 꽉 차서 넘쳐나며 음식물 쓰레기통에는 바싹 마른 검은색의 작은 벌레들이 역한 냄새를 풍기며 섞여 있다는 것이다. 처음에는 그런 말을 듣고도 박 여사는 별로 대수롭지 않게 여겼다.

남편과 사별한 뒤로 박 여사에게 유일하게 남은 이 집은 안채와 뒤쪽 건물로 분리되어 있다. 안채는 아담한 단층으로 박 여사가 혼자 살고 있다. 뒤에 있는 건물은 세를 놓을 수 있게 반 지하 위에 삼층 건물로, 두 자녀를 키우고 독립시키기까지 박 여사의 유일한 자금원이었다. 그동안 별의별 세입자들이 들고 났다. 세입자들의 모든 일에 시시콜콜 신경을 쓸 정도로 박 여사는 깐깐한 주인이 아니었다. 그저 작은 뜰의 늘 앉는 벤치에서 계절을 느끼고 그림을 그리면 그 뿐이다. 가끔 그림 동호회의 지인과 만나는 걸 빼면 사람들과의 만남도 이젠 소원해졌다. 남매를 정성껏 키웠더니 대학을 졸업하자 제각각 미국과 일본으로 유학을 가버렸다. 그 뒤 몇 년이 지나고 나자 박 여사에게 더 이상 손을 벌리지 않는 대신 안부전화도 거의 없는 상태였다. 세상과의 소통이 갈수록 좁아졌다. 그나마 미술협회의 지인 몇몇이 해마다 제주도에 있는 콘도에 갈 때 겨우 활기를 찾는다. 이제는 일주일 내내 김 씨 아저씨의 간단한 질문만이 유일한 대화일 때가 잦아졌다. 사실 김 씨 아저씨와 별로 할 얘기도 없었다. 요즘 꽤 더워졌네요. 정원의 꽃도 거의 다 져버렸네요. 순둥이 진이가 요즘 기운이 없는지 통 짖지를 않네요, 정도였다. 진이는 멀리서 딴 짓

을 하다가도 우리의 대화에 '진이'가 끼어들면 냉큼 짖으며 진돗
개의 존재감을 드러낸다.

기온이 점차 올라가면서 계피향이 진해지고 그와 더불어 퀴퀴
한 냄새가 나기 시작했다. 이제는 도저히 참을 수가 없다. 박 여
사는 김 씨 아저씨에게 오늘은 기필코 최 영감의 집안을 들여다
보라고 했다. 최근 진이가 수시로 정원 땅을 파헤치는 게 최 영
감과 무관하지 않음을 김 씨 아저씨는 알고 있을 것이다. 더구나
요즘 뒷문으로 드나드는 사람들 중에 젊은 아가씨들이 섞여 있
는 점이 무엇보다 꺼림칙했다. 그들은 들어올 때와 달리 나갈 때
는 한결같이 모자와 마스크를 쓴 채 황급히 사라진다는 공통점
이 있는 것이었다.

박 여사는 김 씨 아저씨를 통해 최 영감을 정원 뜰로 나오라고
했다. 김 씨 아저씨의 말로는 최 영감의 집안을 당최 들여다 볼
수가 없다고 했다. 늘 문이 잠겨 있고 두드려도 대답이 없다는 것
이다. 며칠이 지나서야 벤치로 온 김 씨 아저씨는 난처해했다. 최
영감이 안채로 들어오면 안 되겠냐고, 긴밀히 할 얘기가 있다는
것이다. 박 여사는 잠시 망설였다. 안채에는 어쩌다 김 씨 아저
씨가 현관 쪽에 잠시 서서 얘기를 나누었을 뿐 세입자들은 아직
한 번도 들어온 적이 없기 때문이다. 박 여사가 교만하거나 건방
져서가 아니라 다른 사람들과의 관계에 서툴다보니 가까이 하기

어려워서일 뿐이다. 그런 세월이 오래되어서 누군가 집안에 들어온다는 게 낯설고 두려워진 것이다. 할 수 없이 그러라고 하면서 김 씨 아저씨도 같이 들어오라는 말을 덧붙였다.

박 여사는 우선 커피블랜더의 스위치를 눌렀다. 오랫동안 외부인의 출입이 없던 터라 박 여사는 자꾸 허둥대고 있었다. 주방에 있던 박 여사는 김 씨 아저씨의 목소리를 듣고서야 긴 숨을 내쉬고 결국 빈손으로 거실로 나오고 말았다. 단골 부동산에서 능숙하게 세입자를 들여 왔기에 정작 박 여사는 세입자의 얼굴도 모르는 경우가 허다했다. 요즘은 겉모습만 봐서는 나이를 종잡을 수 없을 때가 많았다.

서류상으로 최 영감은 60대 후반인 걸로 알고 있는 터였다. 좁은 어깨에 보통보다 조금 작은 키, 얼굴이 새까만 편인 최 영감의 첫 인상은 이상했다. 그저 이상했다. 젊지도 늙지도 않은, 팔자가 어떨지 종잡을 수 없이 난해한 얼굴이었다. 박 여사는 최 영감이 뭐라 단정할 수 없는 '어려운' 사람인 것만큼은 확실한 것 같았다. 외모는 그렇다 치고 그의 행동 또한 묘했다. 예의 바른 신사도 아니고 그렇다고 무지렁이 같지도 않았다. 그 짧은 1,2분간의 복잡 난해함에 박 여사는 갑자기 짜증이 났다. 박 여사도 모르는 사이에 얼굴에 인상이 써졌나 보다. 갑자기 김 씨 아저씨가 안절부절못하며 최 영감을 일단 소파에 앉으라고 권했다. 엉거주춤 사람을 어려워하는 최 영감의 어색한 행동이 그나마 박 여사의 긴장감을 풀어 주었다. 처음 말문을 여는 게 어렵지 막상 입을 떼자 최 영감은 박 여사의 생각보다 얘기를 술술 풀어간다.

　많이 불편하셨죠. 물론 인정합니다. 주택가에서 일상적인 음식냄새가 아니면 사람들은 즉각 거부감을 나타내더군요. 뭐 꼭 저를 이해해 달라는 건 아닙니다. 저도 많이 지쳤는지 그저 제 얘기를 담담히 들어주셨으면 하는 작은 바람일 뿐입니다. 이야기를 하자면 제 과거사가 노출되어야 연결이 될 것 같습니다. 물론 제 과거가 궁금하실 리 없겠지만 그게 빠지면 지금의 상황이 설명되지 않아서 말이죠.

　김 씨 아저씨가 최 영감에게 그저 편히 하고 싶은 말을 하라며 박 여사의 눈치를 보았다. 박 여사는 무슨 말을 해야 할지 몰라 그저 잠자코 있었다. 최 영감은 잠시 두 손을 비비더니 고개를 들고 막힘없이 얘기를 시작했다.

　제가 이십 대 중반쯤이었으니 세상을 온전히 알기 전이죠. 그당시 한창 파월장병을 모집할 때였습니다. 그때는 베트남 파병이 국가의 안보나 자립경제 구축에 도움을 준다거나 하는 거창한 일에 저도 동참한다는 생각 같은 건 없었습니다. 그저 하루 일당이 여기보다 세니까 짧은 시간에 큰돈을 벌겠다는 생각뿐이었습니다. 그 세세한 얘기야 다 말할 수 없지만 어찌되었든 갈 때는 희망을 품고 부산항 제3부두에서 배에 올랐습니다.

역시 꿈은 이루기 어렵기 때문에 꿈인가 봅니다. 베트남에 도착했을 때 제가 아무 생각 없이 왔다는 걸 깨달았습니다. 적어도 베트남에 다녀온 누군가에게 물어보기라도 했어야 한다는, 뒤늦은 후회를 했습니다. 날씨에 적응하는 건 기본이고 일단 목숨이 달려 있는 전쟁터 아닙니까.

저는 정글에서 땅굴 수색 중이었죠. 베트공들이 하도 땅속으로 스며들어 버리니 위에서의 작전은 밑 빠진 독에 물 붓기로 엄청난 무기만 손실되고 있었기 때문입니다. 일단 땅굴 하나만 발견하면 그 밑에는 감자 뿌리처럼 수십 개의 땅굴이 연결되어 있습니다. 막상 굴을 발견해도 좁은 구멍으로 들어가기가 힘들뿐더러 나오는 일 또한 불가능하다고 봐야 합니다. 그러니 아예 굴 속에 가스를 살포하는 겁니다. '마이티 마이트Mity Mite'라는 가스 살포기를 이용할 때는 덩치 큰 미군이 굴 속에 못 들어가니 저처럼 작은 한국군이 투입됩니다. 저는 땅굴에 대한 기본적인 설명을 겨우 듣자마자 수색에 나섰고 그 와중에 땅굴은커녕 함정에 빠진 겁니다.

한 순간의 일이었습니다. 저는 죽어서 지옥에 떨어진 줄 알았습니다. 숨은 붙어 있는 것 같은데 다리가 서있는 곳은 지옥이었으니까요. 현지에서 제대로 적응하기도 전에 부대에서 떨어져 나온 꼴이 되었죠. 물론 본의 아니게, 아마 그런 걸 '운명'이라고 하겠죠. 같은 날 같은 부대에 있다가 같이 자고 같이 밥 먹고 나서 느닷없이 저만 구렁텅이로 빠졌으니까요. 지금도 이해가 안 되는 건 그 당시 제 앞뒤로 걷고 있던 동료가 왜 저를 못 봤을까, 라는 점입니다. 앞뒤로 둘이서 짜고 마치 나만 빠트린 것 같거든요. 그렇지 않고서야 왜 나만 빠졌을까가 아니 적어도 뒤에서 오던 이는 내가 빠지는 걸 왜 못 봤을까가 지금도 알 수 없는 일입니다. 어쨌든 문제는 그 곳에 빠진 뒤에 내 인생이 뒤집어진 셈이죠.

한참을 떨어지는데 그 느낌은 지금도 뭐라 표현할 길이 없네요. 열 길 물속도 아니고 그저 빈 공간에 한없이 떨어지는 그 순간의 공포라니. 발밑이 물컹하더니 마치 커다란 죽통에 빠진 느낌이랄까. 위를 올려다보니 바늘구멍이 촘촘히 뚫어진, 비유하자면 된장, 고추장 항아리에 촘촘한 망을 씌워 햇볕에 쪼이지 않습니까. 햇볕은 받고 파리나 먼지 같은걸 막으려고 말입니다. 그 밑에 빠진 벌레 같은 거였죠. 제 입장이. 그렇게 벌레 같은 삶이 시작되었습니다. 제가 떨어진 쪽은 걸쭉하게 오물이 고여 악취를 풍기고 있었습니다. 그 당시 제 옆에는 숨이 겨우 붙어 있는 미군 병사와 빼빼 말라 늘어져 있는 십 대 중반쯤의 여자아이가 있었어요. 그들은 냄새나는 웅덩이에서 최대한 벗어나려고 벽쪽으로 바짝 붙어 있더군요. 여자 아이는 뼈가 부러졌는지 얼굴을 찡그린 채 부어 있는 발목을 붙잡고 있었구요. 미군은 오른쪽 팔꿈치 아래가 없었습니다. 거기에 집중적으로 붙어있는 온갖 벌레와 그 사이에서 하얗게 꼬물거리는 구더기들, 거기서 풍기는 고약한 냄새. 만약 미군이 제게 말할 기운이 있었다면 자기를 죽여 달라고 간청했을 겁니다. 그 모습에서 이미 그들이 빠져나갈 온갖 짓을 다 해봤을 테고 방법은 없었다는 절망을 보았습니다. 즉 쓸데없이 힘을 뺄 필요가 없다는 거죠. 죽을 날만 기다리면 된다는.

서로 통하지 않는 언어와 몸짓으로 세 사람은 몸부림을 쳤죠. 가장 절망적인 건 각자의 고통을 아무도 알아들을 수 없다는 거죠. 기쁨은 나눌수록 커지고 고통은 나눌수록 줄어든다는 말을 그제야 알 것 같았습니다. 그리고 깨달았죠. 세상 사람들은 대화를 나누는 게 아니라 각자의 고통을 그저 지껄이는 거라는 걸 말입니다. 미군은 왼손에 은색 십자가를 쥐고 연신 입술에 비벼대고 있었습니다. 상처의 고통 속에서 신음하던 미군이 결국 감염과 굶주림으로 죽고 나자 갑자기 주위가 조용해졌습니다. 베트남 여자아이는 죽음이 곧 평화라고 느꼈나 봅니다. 살고자 애절하게 몸부림치던 그 애가 갑자기 삶의 끈을 탁 놓았다는 느낌이 들더군요. 그리곤 얼마 되지 않아 그 아이도 곧 숨이 멈추었습니다. 갑자기 사람의 소리가 없어지자 저에게 더 큰 두려움이 몰려왔습니다. 그제야 정글의 새나 벌레의 미묘한 소리가 들리기 시작했습니다. 옆에 있던 사람들을 보며 절망하고 포기했던 제가 막상 그들이 숨이 끊어진, 그저 쓰레기 같은 덩어리로 남아 있자 제 마음속에서 뭔가의 움직임이 일어났습니다. 그런데 그곳에서 내가 알아낸 게 있었습니다. 분명 여자애의 얼굴이 중국계 토종 동양인처럼 넙데데했거든요. 놀라운 건 죽은 지 반나절 만에 그 아이의 평퍼짐한 네모난 얼굴 왼쪽이 계란형 V라인이 된 거예요. 자세히 들여다보니, 그래봤자 어렴풋하지만 그 아이의 왼쪽 콧구멍에서 벌레가 기어 나오고 있는데 똑같은 다른 벌레가 왼쪽 귀로 들어가고 있는 겁니다. 머릿속에 여러 가지 생각이 오갔지만 문제는 그곳에서 살아나가는 게 우선이지 그 외에 뭐가 있겠습니까. 제가 원래 체념과 포기가 빠른 사람이다 보니 희망이 보이지 않는 곳에서 힘을 뺄 필요를 느끼지 않았고 그런 점이 체력낭비를 막아 도움이 되었던 것 같습니다. 썩어가는 시체와 같은 공간에 있다는 것만으로 이미 저는 생전의 모든 죗값을 치르고 있는 것 같았습니다. 사방에 눈을 어디다 둬야 할지 난감했습니다. 음식은 물론 있지도 않았지만 설령 있다 해도 과연 먹을 수 있었을까, 물론 지금 생각에는 못 먹을 거 같지만 그 당시라면 먹었을지도 모릅니다.

문득 그곳은 덥지도 않고 선선하게 통풍이 잘되고 있다는 걸 알게 되었죠. 미군의 윗주머니에 있던 성냥을 켰습니다. 그리곤 눈을 감았죠. 이곳이 바로 지옥이었습니다. 더 자세한 말을 할 수 없다는 점을 양해해 주시기 바랍니다. 그 말을 하면 천기누설의 죄를 뒤집어쓸 것만 같습니다.

미군이 바라보던 쪽으로 뭔가 느낌이 왔습니다. 위에서부터 내려온 나무뿌리와 넝쿨이 뒤덮인 사이로 유달리 거미줄이 많이 엉켜 있는 곳이었습니다. 손을 대보니 옅은 바람을 느낄 수 있었습니다. 허겁지겁 넝쿨과 거미줄을 걷어내며 구덩이 속으로 상체를 들이밀었습니다. 원래 베트콩들은 체구가 작아서 동굴 입구가 마치 여우굴처럼 비좁기로 유명하죠. 덩치 큰 서양인들은 물론 한국군 중에도 그런 동굴에 들어갈 만한 체구는 극히 드물죠. 미국이 결국 두 손 든 건 아마 땅굴 때문인지도 모릅니다. 정글이 우거지고 산악이 험준한데 위에서 아무리 융단 깔듯 폭격을 하면 뭘 합니까. 온갖 무기세례를 스펀지가 물을 흡수하듯 땅 위에서 쫙 빨아들이곤 그만입니다. 땅 밑에선 두더지 새끼들처럼 먹고 자며 콧방귀도 안 뀌는 겁니다. 제가 두더지같이 흙을 뒤로 훑어내며 불과 일 미터쯤 파 들어갔을까. 알아들을 수 없는 말들이 뒤엉켜 들렸습니다. 베트콩의 언어는 중국어보다 성조가 많아서 호떡집에 불난 건 댈 것도 아닙니다. 깡껑, 콩꽁 하며 떠들어대는 게 빈 깡통에 자갈 서너 개를 넣고 마구 흔드는 소리 같아 조금만 듣다보면 얼이 쏙 빠질 지경입니다. 게다가 지금까지 알던 담배냄새와는 또 다른 고약한 담배연기에 숨이 막혔습니다. 나중에 알고 보니 그건 담배연기가 아니라 대마초 연기였습니다. 기침을 하면 어찌될지 뻔한 상황이었습니다. 그러나 그들이 살고자 만든, 개미굴 같이 겹겹이 연결된 또 다른 출입구가 나를 살렸죠. 때마침 둑꼬전투 뒤끝이라 한국군들이 부상자와 전사자들을 수거 중에 위생병이 저를 발견한 겁니다. 그렇지 않았을 경우 저는 어디가 어딘지 알 수 없는 공간을 헤매다 결국 베트공에게 잡히고 온 몸이 갈가리 찢긴 채 나뭇가지에 빨래 널듯이 널렸을 겁니다.

한국에 왔을 때 저는 인간의 모습이 아니었습니다. 눈동자는 초점을 잃고 말은 한마디도 할 수 없었습니다. 육군통합병원에서 일 년간 격리 치료를 받았습니다. 그리고 반년간 기숙 생활관에서 지냈지요. 그 당시에는 국비지원이나 연금은 없었습니다. 죽지 않은 이상 밥은 먹고 살아야 했죠. 지옥을 보고 온 사람이 무슨 일인들 못하겠습니까. 그즈음 전라도나 경상도에서는 고향 선후배를 중심으로 조폭들이 결성되고 있었습니다. 밑바닥을 돌다 보니 내게도 그들의 촉수는 뻗어왔지만 다리를 약간 저는 상태로 그 무리에 끼어 똘마니로 살 수는 없었습니다.

아! 그 중간에 빼먹은 얘기가 하나 있네요. 아니 어쩌면 그 얘기가 제 얘기의 핵심인지도 모르겠군요.

베트남 깜란만에서 미 해군 수송함 엘틴지를 타고 부산항으로 오기 위해 6일간의 항해를 할 때였죠. 후텁지근한 여름이었는데

군복을 입었던 터라 왼쪽 무릎아래가 아무리 가려워도 긁어 대기가 수월치 않았어요. 생각 같아선 바짓가랑이를 쭉 찢어버리고 싶을 지경이었죠. 나중에는 가려움이 너무 심해서 할 수 없이 비좁은 화장실에 들어가 바지를 벗어 내리고 마구 긁다 보니 손톱 사이에 파인 살이 끼고 무릎에서는 피가 흘렀습니다. 긁고 난 다음에 바닥을 보니 벌레가 대 여섯 마리정도 떨어져 있습디다. 시커멓고 반짝반짝 빛나는 게 딱정벌레보다는 십분의 일 정도도 안되게 작았습니다. 자세히 들여다 보니 생긴 건 보통 딱정벌레의 일종인데 머리가 아주 작고 오히려 주둥이 턱이 발달되어 보였습니다. 특이한 점은 주둥이 쪽에 밖으로 살짝 튀어나온 톱니 같은 두 개의 날이 서로 어슷하게 맞물려 있는 것이었습니다. 무심코 손끝으로 꾹 눌렀더니 겉은 게딱지처럼 딱딱한데 속은 물컹하면서 누리끼리한 액체가 나오더군요. 그 냄새가 어찌나 지독하던지 코를 움켜쥐었습니다.

그 후유증인지 확인할 수는 없었지만 그때부터 왼쪽 무릎 뼈가 오른쪽 보다 작아져서 지금도 다리를 약간 절고 있죠. 희한한 건 그 톱니 같은 주둥이에도 불구하고 물린 자국이 기껏 벌에 쏘인 것처럼 작은 겁니다. 그나마 반나절도 안 되어 흔적 없이 사라져 버렸다는 점이죠. 다른 이들은 고엽제 후유증이나 팔 다리의 잘못된 부분으로 보상금이 주어졌지만 저는 아무 명분이 없었습니다. 벌레가 물어서 긁었더니 다리를 전다고 합니까. 아무 흔적도 없는데 무엇으로 증명합니까. 그것도 저 혼자만 겪은 일로 말입니다. 육군병원과 생활관에서의 시간이 지나고 반 지하방을 하나 얻어 나왔는데 내 소지품에 딸려온 건지 그 벌레도 같이 왔습디다. 결국 그 벌레가 여태껏 저를 먹여 살렸습니다. 그 말을 하면서 최 영감은 눈을 내리깔았다.

  거기까지 들었을 때 박 여사는 움찔했다. 최근에 김 씨 아저씨가 음식물 쓰레기통에 웬 시커먼 벌레가 많아졌다는 얘기가 생각났기 때문이다. 이제껏 많은 사람들에게 세를 주었지만 이제는 이것도 서서히 정리하고 그만두어야 할 때가 된 것 같았다. 최 영감의 얘기를 들을수록 박 여사는 자꾸 미끈미끈한 진흙투성이 땅을 밟는 듯한 미끄덩한 기분이 영 께름칙했기 때문이다. 박 여사의 그런 기분과 상관없이 최 영감은 시작한 말은 끝을 맺어야 한다는 모습이었다. 박 여사는 그냥 소리 없이 정리할 걸 공연히 들쑤신 게 아닌가 싶어 착잡했다. 최 영감은 진지하게 이야기에 빠져 있다. 아니 박 여사에게 털어 놓으며 속이 후련한 표정이다. 박 여사는 벌레를 밟은 표정이다. 중간에 멈출 수도 쉴 수도 없다. 이미 선을 넘었다. 최 영감의 입술은 바짝 말라 있고 눈빛이 야릇해진다. 두 손을 들어 크기를 보여 주며 말한다.
  가장 중요한 건 크기가 같은 벌레, 즉 부화해서 자란 시기가 비슷한 벌레 두 마리를 정하는 게 중요합니다. 그래야만 뼈를 갉아

먹는 속도나 힘이 균등하기 때문이죠. 벌레? 아 그건 걱정 없어요. 일 년 내내 땅속에 묻어 두고 가끔 확인만 하면 됩니다. 벌레도 중요하지만 누워 있는 사람이 더 중요합니다. 사람이 크게 거부하면 벌레들이 제 역할을 하기 어려울 수가 있지요. 그래서 가능한 한 저는 수면제를 권합니다. 제가 마취를 할 수는 없으니까요. 그래서 이건 어디까지나 변형을 원하는 자의 절실함이 없고서는 불가능한 일이죠. 저는 그걸 꼭, 아주 중요하게 확인을 합니다. 그래서 여태껏 말썽 없이 유지가 되었던 것 같습니다. 그들이 원했고 부작용 없이 원한 바를 얻었으니 뭐 할 말이 있겠습니까. 단 그들이 자꾸 주변사람들을 추천해서 끌고 오는 것까지 막을 수 없다 보니 일이 커진 것 같습니다. 허나 저도 이제 나이가 나이인지라 조만간 곧 이 일을 접고 다른 지방에 내려가 조용히 살고자 합니다. 여사님께는 뵐 낯이 없습니다. 저를 용서해 주시고 그저 조용히 이 문제를 묻어 주시면 이루 말할 수 없이 감사할 따름입니다.

박 여사는 최 영감이 건너뛴 중간 얘기가 갑자기 궁금해졌다. 물론 이 문제를 크게 벌이고 싶지 않고 소문이 나는 걸 원치 않았다. 다만 그 얘기가 궁금해진 걸 참을 수 없었다. 박 여사는 조급하게 물었다.

"수면제를 먹이고선 어떻게 하죠?"

최 영감이 멈칫한다. 그리고는 다시 눈빛이 야릇해진다. 김 씨 아저씨가 손사래를 친다. 그걸 알아서 뭐하냐는 몸짓이다. 박 여사는 다시 한 번 채근한다.

"그 벌레를 어떻게 하냐고요?"

막상 최 영감이 설명하기 시작하자 박 여사는 깊은 물속에 앉아서 목소리를 듣는 것 같이 귀가 먹먹해지는 것 같다.

① 콧구멍 속으로 꿀과 계피향을 넣는다. 사람에 따라 용량이 달라질 수 있다.

② 벌레꽁지에 가는 금실을 묶어 귓구멍 속으로 넣는다.

③ 벌레가 광대뼈를 갉아 먹으며 꿀과 계피향 쪽으로 움직여 간다. 콧구멍 쪽으로 벌레가 보이면 금실을 잡아당겨 방향을 틀게 한다.

④ 이번에는 귓구멍 쪽으로 꿀과 강한 계피향을 바른다.

결국 벌레는 귓구멍으로 나오는데 그 시간이 일정해야 양쪽 얼굴뼈의 V라인 윤곽이 비슷해진다. 간혹 양쪽으로 벌레가 나온 시간차가 큰 경우 얼굴뼈의 크기가 달라지는데 그럴 때는 다시 한 쪽 부분에만 벌레를 집어넣어 교정을 하는데 그게 훨씬 더 어렵다.

박 여사는 입 안이 바짝 타들어갔다. 만약 이런 일이 정말 효과가 있다면 성형수술의 민간요법에 혁신이 아닐 수 없다. 더구나 이미 이런 쪽에 관심이 있는 사람은 벌써 시술도 하고 효과도 보았을 뿐더러 주변사람들에게 서서히 입소문이 나서 점점 수요가 많아지고 있는 시점이다. 법적으로는 부자격사의 불법시술로 분명 상당량의 형량이 주어질 것이 틀림없다. 경우에 따라서는 박 여사도 장소 제공자로서 공범의 가능성이 포함되는 게 아닐까 염려되는 바였다. 정작 박 여사보다 김 씨 아저씨가 더 겁을 먹은 표정이다.

김 씨 아저씨는 젊은 시절에 쓸데없이 잡일에 연루되어 교도소에 들락거린 경험이 있기에 조금이라도 법에 저촉되는 일이라면 그의 온갖 촉수가 죄다 오그라드는 겁이 많은 자였다. 아는 게 많거나 배운 게 많거나 혹은 재산이 많거나가 아닌 사람이라면 몸을 사리는 게 수였다. 미련한 자들이 쓸데없이 나대다 엿을 먹는 것이다. 그런 면에서 김 씨 아저씨는 소극적이면서 매사에 조심스러운, 그래서 박 여사에게는 바람직한 일꾼이었다. 박 여사가 혼자 살면서 난처했던 경우는 언제나 겁 없이 가까이 다가오는 자들이었다. 젊은이들 못지않게 혼자된 중년의 남자들은 혹시라도 놓친 제 짝이 어디 있을까를 눈여겨보는 것 같다. 박 여사는 고개를 빳빳이 들면 행여 짝을 찾는 누군가의 레이더에 잡힐까봐 늘 몸을 낮추었다. 홀가분한 이 나이에 어쭙잖은 사랑이라는 명분하에 누군가의 빨래를 하고 밥을 지으며 뒤치다꺼리를 하고 싶지 않기 때문이다.

앞뒤가 분명한 박 여사는 여지없이 묻는다. 시술자 중에 부작용을 일으킨 자는 없었냐고 말이다. 최 영감은 잠시 박 여사를 유심히 보았다.

초기에는 부작용을 말한 자가 있었죠. 시술 후에도 귀에서 사각거리는 소리가 계속 난다는 거예요. 그건 본인의 환청이에요. 새끼손톱의 십분의 일도 안 되는 벌레의 갉아대는 소리가 들리다니요 그건 자기가 만들어 낸 소리지요. 행여 벌레가 안 나온 채 귓속에서 사는 게 아니냐고 묻기도 했었죠. 확언하건대 그런 일은 없습니다. 저는 한 번에 한 마리밖에 넣지 않기에 실수는 있을 수 없는 일입니다.

박 여사는 혹시 최 영감이 떼돈을 벌어 감춰 놓고 일부러 이런 곳에 사는 건 아닐까, 라는 의문이 생겼다. 모르는 건 묻고 궁금한 것도 밝혀내서 호기심을 끝장내는 게 박 여사의 스타일이다.

박 여사는 그 벌레가 보고 싶었다. 징그러울까. 설마 예쁘지는 않겠지. 사람의 뼈를 갉아 먹다니 그것도 얼굴뼈를 말이다. 인면골식충이다. 아니 그건 부정적인 이름이다. 결과적으로야 이롭게 쓰고자 하는 의도가 아니었나 말이다. 그렇다면 '성형충'은 어떨까. ㅅ과 ㅎ의 발음이 괜찮게 들린다. 살며시 톤이 올라가는 발음이다. 기운이 다운되지 않게 ㅅ, ㅎ 발음을 세게 해본다.

박 여사가 딴 생각을 하는 동안 최 영감은 다음 말을 하고자 대기하는 자의 표정이다.

육군병원에서 나와 기숙생활관에서 반년을 살면서 서서히 잃었던 말을 찾았죠. 그리고는 내게 대한 열등감에서 빠져 나오느라 안간힘을 썼지요. 내가 마치 박테리아나 유충같이 생각되었거든요. 습하고 어둡고 따뜻한 곳, 그곳은 사람이나 동물의 내장 같은 곳이죠. 그런 곳에는 벌레가 알을 낳고 유충이 서식하기에 적당하겠죠. 그런 곳에 방치되었던 나의 지난 시간들이 내가 인간이 아니라고 자꾸 세뇌시키는 것 같았습니다. 장마철 눅눅한 지하방에서 곰팡이꽃 피어나는 벽을 바라보고 있으면 내가 마치 아무짝에도 쓸모없는 벌레가 된 것 같았습니다. 미군과 여자아이의 시체가 있던 공간 속에 빠져 있던 순간이 자주 생각나는 것이었습니다. 눅눅하고 축축한 느낌, 표현할 수 없는 냄새, 눈을 감고 싶은 주변이 말입니다. 눈과 코와 피부에 각인된 그 기억을 떨쳐버릴 수가 없었습니다. 뜨거운 물에 샤워를 하면 몸은 깨끗해질지 모르지만 스멀스멀한 감각만은 도저히 씻어낼 수가 없었습니다. 그래도 어찌되었든 이렇게 살아냈습니다, 라며 최 영감은 왼손으로 오른쪽 가슴을 소리 나게 쳤다.

박 여사는 한동안 잠이 오지 않았다. 어렸을 적 시골 할머니댁의 텃밭에 있던 화장실이 머릿속에서 떠나지 않았다. 흰 석회가루가 뿌려진 벽으로 구더기가 꿈틀꿈틀 올라가던 모습이 자꾸 생각나는 것이었다. 몸에서 벌레를 털어내듯 박 여사는 자꾸 몸서리를 쳤다.

마침 정기적인 제주도 방문 일정이 다가왔다. 박 여사는 미술

협회의 지인과 함께 함덕해수욕장 근처의 콘도에 머물렀다. 박여사는 그림 그리는 건 고사하고 다른 회원들과의 담소에도 낄 수 없었다. 그저 최 영감이 끄집어내던 모든 장면이 스냅사진처럼 눈앞에 연속적으로 펼쳐졌다. 박 여사는 바닷가를 걷고 또 걸었다. 드센 바닷바람도 코끝에 익숙한 계피향을 떨쳐낼 수 없었다. 일주일이 지나도록 박 여사는 갈피를 잡지 못했다. 박 여사는 최 영감이 곧 일을 접고 조만간 지방으로 내려간다던 그 기간을 아무리 생각해도 기다릴 수 없었다. 오전 내내 비가 오던 바닷가를 걷다가 박 여사는 김 씨 아저씨에게 전화를 걸었다.

이제 계피향의 냄새는 나지 않는다. 퀴퀴한 냄새도 없어졌다. 그런데도 마음은 영 불편하다. 뭔가 가슴 속에 응어리가 걸려 있는 것 같다. 최 영감은 어디에서든 잘 정착할 수 있을까. 불쌍한 것과는 다른 느낌, 측은하달까. 최 영감은 무엇의 희생양일까. 시대의, 전쟁의, 가난의, 아니 그 모두가 해당된다. 그리고 그 모든 것에서 회복되지도 보상받지도 못했다. 그저 우리가 알 수 없는 오묘한 세상의 쳇바퀴에 잠시 걸쳐졌던 손발이 이제 힘을 잃고 떨어져 나가 멀고 깊은 우주 공간으로 흔적 없이 사라질 뿐이다. 이는 최 영감 뿐만이 아니다. 박 여사는 자신의 삶과 김 씨 아저씨의 삶도 그다지 달라 보이지 않았다.

박 여사는 자신도 모르는 사이에 왼쪽 무릎을 긁고 있었다. 긁던 손가락에 힘이 들어가기 시작했다. 무릎의 살갗에 연한 핏자국이 돈다. 멈칫해서 손톱을 들여다보니 손톱사이로 살갗과 핏물이 배여 있다. 박 여사는 잠시 고개를 갸웃거렸다. 그리고는 벌떡 일어나 주변을 샅샅이 훑어보았다. 새까만 벌레라도 떨어지지 않았는지 확인하는 눈에 힘이 들어갔다.

"별거 아니에요. 땅에 잘 묻어 두기만 하면 되요."

최 영감이 대수롭지 않게 하던 말이 생각났다. 벌레대신 최 영감의 슬픔과 기억이 땅속에 파묻혔다면 좋으련만. 박 여사는 왠지 진이가 파헤치던 정원을 둘러봐야 될 것 같았다.

블랙타운

버스에서 내리자 꽹과리 소리가 아련히 들렸다. 나는 저 꽹과리 소리만 들으면 식은땀이 흐른다. 열 살 때였나. 우리 집 문간 방에 세 들어 살던 모녀가 굶어죽자 어머니가 무당을 불러 살풀이를 했었다. 잎이 거의 다 떨어진 감나무 꼭대기에 감이 대여섯 개 정도 달려있을 즈음이었다. 무당은 꽹과리 소리에 맞춰 방울을 흔들며 흰 버선발로 집안 구석구석을 샅샅이 헤집고 다녔다. 이윽고 장독대 맨 귀퉁이에 가더니 눈동자를 희번덕거렸다. 어머니가 눈짓을 하자 나는 누군가의 손에 이끌려 방으로 들어왔다. 쪽 이불이 깔려있는 아랫목에 발을 묻고 앉았다가 이내 누워버렸다. 귓가에 웅웅대는 꽹과리 소리가 그치기를 기다리다 어느새 잠이 들었다. 다음날 잠이 깼을 때 내 귓가에는 계속 꽹과리 소리의 이명이 남아 있었다.

처음 오는 곳이라 낯선 터에 몸이 그저 꽹과리 소리를 따라 가고 있다. 가끔 날라리와 장구 소리도 한 몫을 한다. 분명 저 마당놀이패에는 서너 명의 K극단 단원이 섞여있을 것이다. 귀는 소리를 좇고 눈은 새로 조성된 아파트 단지를 휘둘러본다. 주변에 죄다 지주 대를 받쳐놓은 나무만 보인다. 여기저기 붕대를 동여매고 깁스를 한 정형외과에 온 것만 같다. 새 아파트는 정작 건물보다 어설프게 서있는 수목들이 티를 낸다.

꽹과리 소리가 점점 크게 들린다. 아파트의 야외 공연터에 사방 4,5미터는 됨직한 멍석을 깔고 앉은 마당놀이패가 보인다. 꽹과리나 장구, 날라리가 필요한 곳이라면 어디든지 달려간다는 단원 셋이 눈인사를 한다. 나는 가볍게 손을 들었다. 가끔 다른 극단의 무대 디자인 작업을 하긴 해도 정작 많은 시간을 함께 하는 건 K극단 단원들이다.

하늘엔 붉은 색 애드벌룬이 '입주 환영'이라는 플래카드를 길게 매달고 가오리처럼 서서히 움직이고 있다. 3월초의 싸늘한 바람에 어깨가 움츠려진다. 계절이 계절인지라 아무리 추워도 남자 체면에 두꺼운 겨울외투를 마음대로 입기가 곤란했다. 그나마 목도리를 두툼한 것으로 감쌌다. 이 정도는 그저 패션일 뿐 추위에 약한 남자로 보이지는 않을 것이다. 멍석 가장자리에 모여 있는 노인 몇 사람이 막걸리로 목을 축이고 있다. 아파트 시공사 측의 도우미 두어 명이 도자기 술병으로 막걸리를 부어주고 있다. 막걸리가 가는 곳엔 돼지머리 누른 것과 파전이 세트처럼 자리한다. 마당놀이패가 있는 곳에서 꽤 먼 거리에 이쪽의 음식을 바라보는 시선을 느낀다. 작고 하얀 머리가 여우같은 개다. 엎드려 있는 폼이 가까이 올 생각은 없는 모양이다.

야외무대 옆으로 배나무길이라는 표지를 따라 걸었다. 곧이어 5층짜리 상가건물이 보였다. 상가 슈퍼마켓에는 집들이용 선물이 구색을 갖추어 놓고 있다. 가루비누와 화장지가 개중 무난한지 유난히 많았다. 나는 가루비누와 락스, 섬유 유연제와 키친타올까지 골고루 들어 있는 2호 선물세트를 골랐다. 나는 무얼하든 1이라는 숫자가 부담스럽다. 왠지 모범이 되든가 아니면 모델이 되어 선두역할을 해야 될 것만 같은 불안이 따르는 것이다. 달리기를 할 때도 앞에 아무도 없으면 쫓기는 긴장감이 더해진다. 누군가가 앞뒤로 달려야 비로소 안정감을 느낀다.

엘리베이터 안은 누런 박스 포장재로 천장과 벽, 바닥을 감싸 놓았다. 아직 입주가 끝나지 않은 상태라 한동안은 이러한 모양새로 오르내려야 할 것이다. 벽마다 중국집이나 피자집, 청소대행 업체와 베란다 확장공사라고 쓴 인테리어 업종의 스티커가 빼곡하게 붙어 있었다. 10층에 내리자 오른쪽 현관문이 활짝 열려 있었다. 강한 참기름향이 코를 자극한다.

아직 단원들이 도착하지 않았는지 거실에 차려 놓은 넓은 상에는 흰 전지가 덮여 있었다. 단원들과 같이 들어왔으면 덜 어색

했을 텐데 아직 세상살이에 한참 미숙함을 깨닫는다. 반갑게 맞이하는 부부에 이어 아이의 인사를 받았다. 나는 어른보다 아이들이 더 어렵다. 생뚱맞은 느낌이다. 나는 여전히 아이들이 좋거나 귀엽지 않을 뿐더러 갖고 싶지도 않다. 그저 성가신데다 아이의 가면을 쓰고 어른을 괴롭히는 악동으로만 보일 뿐이다. 남의 아이를 보았으니 인사치레로 씩씩하다, 아빠를 닮아 잘생겼다, 장군감이다, 라는 입에 발린 칭찬을 해야 하건만 나는 그런 일에 미숙하다. 만약 나 같은 사람이 일반적인 직장생활을 했더라면 구조 조정 시에 일차로 찍혀, 잘려 나왔을 것이다. 꼭 그래서인 건 아니지만 나는 현재의 내 직업에 만족한다.

무대 장치는 대본을 보고나서 일단 내 머릿속에 그린 다음 연출자와의 협의를 거쳐 큰 무리수 없이 작업에 착수한다. 간혹 상반된 의견이 나올 때도 있지만 나는 작가와 연출의 의도를 우선시 하는 편이다.

누구든 집들이에 가면 집안을 둘러보며 예의상 하는 말들이 있다. 달리 칭찬할 게 없을 땐 창밖을 내다보며 전망이라도 부러워해야하는 것쯤은 나도 알고 있다. 베란다 문을 열자 꽹과리 소리의 높이가 훌쩍 올라간다. 스피커를 통하지 않은 대단한 음역이다. 슬리퍼를 신고나가 밖을 내다보았다. 북한산은 전혀 보이지 않았다. 그저 앞 동과 옆 동이 지그재그 이어져 병풍으로 둘러싸여 있는 것 같았다. 삼년 전의 단층 주택가 골목의 정적

과 뒷마당에서 보이던 북한산의 흙빛 굵은 선은 흔적도 찾아볼
수 없었다.

동네 어디서나 북한산이 보이던 그 당시 영화, 〈효자동 이발
사〉가 관심을 끌더니 금세 〈그때 그 사람〉이란 영화가 제작되었
다. 연극 쪽에도 〈그때 그 시절〉이란 가제를 붙인 극본이 나왔
고 나는 70년대의 분위기를 의뢰받았다. 대본에는 골목길과 거
실, 안방이 나와 있었다. 무대장치를 할 때 사진이나 그림을 쓰기
도 하지만 나는 가급적 실물을 이용하는 편이었다. 가끔 황학동
고물상을 뒤지기도 하는데, 얼마 전 거기서 들은 바로는 21뉴타
운 지구에 가면 요즘 보기 드문 전자제품이 잔뜩 있더라고 했다.
처음 간 날은 그냥 돌아 나올 수밖에 없었다. 대형트럭을 세워
놓고 돈이 될 만한 물건을 싣고 가는 전문 업자들의 드센 기운에
얼씬도 못할 지경이었다. 며칠이 지나서 갔을 때는 이미 뉴타운
으로 지정된 입구에서 소방호스로 물을 뿌리고 있었다. 곳곳에
서는 포클레인이 건축물의 잔해를 훑어내고 있었다. 한 정거장
정도 걸어 들어가자 껍데기만 남은 집들의 골목에서 아직 소규
모의 타이탄이나 리어카가 서있고 그 주변에서 인부들이 쏠쏠히
남은 것을 파헤치고 있었다. 구정이 지난 지 얼마 되지 않은 영
하의 기온에도 불구하고 골목에서는 시멘트냄새에 섞여 곰팡이
냄새가 무릎까지 쌓여 있는 듯 했다. 집집마다 대문을 비롯해 철

로 만든 건 흔적도 없이 뽑혀갔고 하물며 골목의 맨홀 뚜껑도 벗겨가 들통 난 함정처럼 대책 없는 구멍이 뻥뻥 뚫려 있었다. 집집마다 알루미늄 새시를 뜯어가느라 깨진 유리창이 수북이 쌓여 있었다. 내가 너무 늦게 온 것이다.

그중 빨간 기와지붕이 눈에 띄었다. 70년대의 이상형인 집이다. 허물어진 벽돌담을 넘어가보니 뒤뜰 쪽 장독대가 있던 곳에 깨진 항아리 서너 개가 있었다. 따뜻한 볕이 가득한 시간에 간장, 된장 항아리 뚜껑을 열어 놓고 볕을 쪼였을 조용한 영상이 떠올랐다. TV와 소파가 기본으로 있었을 거실을 지나 안방으로 들어갔다. 장판을 내려다보니 장롱이 꽤 컸었는지 넓고 길게 한쪽 면을 다 차지했다는 걸 하얀 먼지가 보여주었다. 집은 오래되었지만 부엌과 화장실은 개조한지가 얼마 되지 않은 듯 유행에 민감한 타일무늬가 최근 것인 흑백과 홍백의 자잘한 타일이었다. 아이 방이었을까. '참되고 착하고 아름답게'라고 붓글씨로 쓴 베이지 색 족자가 창 옆에 걸려 있었다. 잔잔한 애정이 느껴졌다. 알루미늄으로 된 액자였다면 새시와 함께 누군가 걷어 갔을 것이다. 현관에서 대문까지 정사각형 돌 판을 깐 것 외에는 흙으로 된 마당이 정겨웠다. 담 가까이 심은 정원수는 파갔는지 둥그렇게 헤쳐져 있었다. 대문은 이미 뜯어간 모양이다. 시멘트로 된 양 기둥 사이로 걸어 나오던 순간 난 다시 고개를 돌렸다. 왼쪽 담 옆에 쌓여 있는 벽돌 사이로 누런 개 한 마리가 죽어 있었던 것이다. 잘못 봤나 싶어 가까이 가자 숙은 개 옆에 또 다른 시커먼 개가 있었다. 그 개는 힘없이 고개를 들어 나를 보더니 다시 뱀처럼 동그랗게 말아진 몸통에 머리를 들이밀었다. 그 개는 이제 갓 강아지 티를 벗은 개였다. 그 개는 목줄에 매여 있고 손잡이는 시멘트 기둥에 박힌 대문의 경첩에 걸려 있었다. 그 순간 나는 왜 '참되고 착하고 아름답게'라는 아이들 방의 족자가 생각났는지 모르겠다. 그 개는 이미 살기를 포기한 채 그저 귀찮은 표정이었다. 이 집 주인이 이사를 가면서 버렸다면 이미 보름도 넘게 방치되었을 것이다. 어디에 주거나 맡길 수 없었다면 최소한 목줄이라도 풀어서 스스로 연명할 기회를 주었어야 하는 게 아닐까. 차츰 어두워지고 비까지 조금씩 내리기 시작했다. 나는 그 자리에 서서 담배를 두 대나 피웠지만 달리 뾰족한 방법이 없었다. 뚜껑 없는 맨홀이 생각나자 나는 서둘러 발을 옮겼다. 큰길 쪽에 나오자 불빛이라고는 미니슈퍼라고 쓰여 있는 작은 구멍가게뿐이었다. 주민들은 모두 떠났는데 가게주인은 누구를 손님으로 받는 것일까. 가게 앞에는 정류장 표시가 있었다. 파주나 의정부에서 시외버스가 오가는 그곳에서 버스를 기다리다 가겟집 모퉁이 벽에 붙은 '담배' 푯말이 눈에 띄었다. 어차피 이 가게도 곧 문을 닫을 텐데 떼어 가면 안 될까 싶었다. 주인에게 물어보려고 나는 가게 문을 열었다. 이마에 온갖 주름을 모아 가진 주인아저씨의 사납게 굳은 얼굴을 보고 나는 아무 말도 못한 채 그저 담배나 한 갑 사들고 나왔다.

집으로 오는 내내 비가 내렸다. 내 마음은 젖어 가는 담요처럼 점점 무거워졌다. 힘겹게 나를 쳐다보고는 다시 고개를 돌리던 개의 모습이 자꾸 생각나는 것이었다. 개의 눈에는 아무런 감정이 없었다. 두려움과 희망도, 원망도 없이 차라리 자는 게 낫다는 느낌을 받았다. 그렇게 잠이 들면 죽는다는 사실을 개는 모를 것이다. 그저 잠이 들면 추위와 허기를 잊을 테니 잠을 청했을 것이다. 개를 버린 사람 못지않게 알고도 거두지 못한 죄책감에 한동안 울적했다.

젊은 여자 단원들이 휴지와 와인을 들고 거실로 들어오고 있었다. 나는 베란다 문을 닫고 그들 틈에 적당히 묻힌다. 단원 서넛이 모였다하면 늘 곱창집이 연상된다. 붉은 연탄불에 누리끼리한 냄새를 품기며 지글대는 소리를 생각하는 것만으로도 정신이 혼미해질 지경이다. 내 청각이 유난히 예민한 건지 시끄러운 소리에 알레르기 반응이 일어난다. 혼자 있는 시간에 익숙한 나는 음악도 틀지 않고 아무 소리 없음을 즐긴다. 그건 외로움에 길들여졌다는 뜻이다. 그러나 여럿이 함께 있다고 해서 반드시 외롭지 않다고 할 수는 없다. 외로움에 익숙한 사람치고 시끄러운 걸 좋아하는 사람은 보지 못했다. 나는 혼잡한 곳에 가면 심리적으로 불안해진다. 그 한계가 두 시간쯤이다. 더 지체하다가는 모난 성격이 들통 나고 만다. 두 시간 이내에 모든 일을 끝내고 서둘러 돌아가야 이미지에 무리가 생기지 않는다.

여자들이 밥상에 앉아야 그나마 밥이라도 먹을 수 있다. 고개를 숙인 채 음식을 먹기 시작했다. 나는 손이 많이 가는 음식을 좋아한다. 가령 잡채나 해파리무침, 온갖 나물무침이나 전을 비롯해 그 과정이 복잡할수록 내 입맛을 당긴다. 복잡한 음식을 먹을 때에는 여지없이 어머니가 생각난다. 나의 밥상에 나물과 전을 빼놓지 않던 어머니의 정성 때문일까. 그렇기에 나는 이런 음식을 멀리한 채 오늘 같이 가끔 찾아오는 특별한 날에나 먹는 것일까. 여자단원들은 다이어트를 운운하면서 막상 음식을 앞에 두면 젓가락을 쥔 손부터 나간다. 나는 베란다로 나가 담배를 피워 물었다. 꽹과리 소리가 아직도 들린다. 아까보다 소리가 작아졌다. 마당놀이패가 파하면 세 명의 단원은 이곳으로 올 것이다. 아직 입주가 끝나지 않아 군데군데 불이 켜있지 않은 집이 제법 많다. 시커먼 구멍이 뚫려 있는 것 같다. 안쪽에서 여자들의 웃음소리가 한바탕 솟구쳤다. 어머니의 웃음소리가 귓가에 맴돈다. 평소에는 교양 있는 얼굴로 조그맣게 말하다가 웃을 때는 큰 소리로 마구 흐트러지는 모습이 늘 의아했다.

어머니는 웃음을 잃지 않고 겉으로는 누구에게나 친절했다. 내가 초등학생이었을 때만 해도 그다지 어머니가 싫지는 않았다. 문간방에 세 들어 살던 모녀가 굶어 죽었을 때는 무서운 생각뿐이었다. 밤이면 어둠 속에서, 굶어 죽은 문간방 아이 얼굴이 자꾸 떠올랐다. 아이 엄마가 먼저 쥐약을 먹고 죽은 뒤에도 아이는 계속 그 옆에 머물다 굶어 죽었을 거란다. 그 시차가 보름쯤 된다는 보건소의 의사 말에 이웃 주민은 일제히 어머니를 노려봤었다. 어머니는 그저 어머, 어머, 하며 고상한 얼굴로 고개를 갸웃거리기만 했었다. 나는 그날 월세를 안 낸다며 투덜거리던 어머니의 말이 생각났다.

그날 어머니에게 내 마음의 문이 완전히 닫혔음을 알았다. 더불어 나는 말수가 줄어들기 시작했다. 낮에는 어머니를 피하고 밤이면 꿈속에서, 죽은 아이를 자주 보았다. 내가, 찐 고구마나 옥수수를 먹고 있으면 문간방의 아이가 계속 쳐다보았다. 그 아이 곁으로 가까이 다가가려하면 꽹과리 소리가 멀리서 들리며 아이는 목줄이 메인 채 웅크리고 있는 시커먼 개로 변했다. 야위어가는 나를 걱정하는 어머니를 보는 게 통쾌했다. 어머니가 아무리 관심과 사랑을 쏟아도 나는 행복하지 않았다. 이웃과 단절되어 욕을 먹으며 사는 것이 전혀 즐겁지 않았다. 어머니는 사업에 실패한 아버지를 가차 없이 버리고 나를 데리고 나왔다. 재혼한 지 사오 년이 지나 친아버지의 시신이 응급실에 있다고 연락이 오자 어머니는 새아버지를 대신 보냈다. 시신처리를 하는 화장터에 가서야 나는 처음이자 마지막으로 아버지를 위해 울 수 있었다.

내게 관심을 보이는 여자들을 경계하고 때로는 가혹한 말도 서슴지 않았던 세월이 지난 뒤 남은 것이라고는 피폐한 가슴뿐이다. 스스로에게 주문을 걸어온 말 괜찮다, 괜찮다, 친구가 없어도, 가족이 없어도, 연인이 없어도 나는 괜찮다, 였다. 최근에 와서 괜찮지 않다는 생각이 들자 애완동물을 키우려고 했다. 예전 뉴타운 개발지에서 목줄이 채워진 채로 죽어가던 개의 텅 빈 눈동자가 떠올랐다. 그에 따른 책임감이 부담스러웠다. 식물, 그 말없는 순종에 마음을 주어보기도 했다. 그러나 반응 없는 무료함에 금세 싫증이 났다. 다시 허전한 마음이 뭔가를 찾아 붕 떠버렸다. 결국 세상에 공짜는 없다는 사실을 알게 되었다. 손에 쥐어지는 모든 것을 포함해 하물며 감정까지도 여벌의 서비스는 없다. 반드시 대가를 치러야 돌아오는 것에 불평 할 수 없다는 사실을 늦게 깨달았다.

그나마 나는 무대에서 꿈을 찾고 힘을 쏟는다. 현실에서 내가 가질 수 없는 것을 무대 위에 재현해 놓고 안도감을 느낀다. 작품에 따라 과거, 현재, 미래를 오가며 내 머릿속의 모든 것을 샘물처럼 길어낸다. 그중에서 나는 미래의 공간을 가장 선호한다. 과거나 현재는 이미 정해진 틀을 벗어나기 어렵다. 미래는 아무도 무어라 기준을 밝힐 수 없어서 더욱 자유로운 나만의 공간연출이 가능하다. 그런 와중에 나는 개가 사는 공간을 마련한다. 미래의 공간에서 애완동물이 등장하는 경우는 사실 드물다. 작품에서 작가와 연출은 늘 이 공간이 낯설어 난감해 한다. 개의 역할이 없어도 그저 공간 속에 개집을 필수품처럼 놓아둔다. 까다롭지 않은 작가나 연출가는 그 공간을 살리기도 하지만 영 아닐 때는 내가 양보를 한다. 사람들이 강퍅해질수록 개에게 집착하는 부류가 생겨난다. 문제는 그 개를 평생 책임질 수 있냐는 것이다. 개의 주인은 개를 하나의 소모품으로 용도를 다해 버렸지만 썩지 않은, 아니 죽지 않은 뜨끈뜨끈한 숨이 붙은 채 떠도는 생명체인 것이다.

왁자한 소리에 담배를 끄고 다시 거실로 들어왔다. 단장이 커다란 액자의 포장지를 벗기고 있다. 붓글씨로 쓴 '참되고 착하게 아름답게' 라는 글귀였다. 박수소리가 들리는 와중에 몇 년 전 이 일대가 철거될 때 붉은 기와집에 걸려있던 족자가 생각났다. 그 집도 혹시 집들이 선물로 족자가 걸리던 날 온 가족이 모여 박수라도 쳤을까. 아이들이 원한다면 선물로 강아지도 데려왔을 것이다. 철거가 시행될 때 그 개는 한낱 쓰레기로 뒹군다.

쓰레기를 밀어내고 세운 신도시, '블랙타운'이라 이름 붙여 본다. 마치 미래의 도시 같은 어감이다. 먼 훗날 저출산이나 식량 문제, 혹은 갖가지 사회적 문제로 인구가 현저히 줄어들면 오래된 아파트를 재건축 하지 않은 채 사람만 빠져나가 비어 버리지 않을까. 처음엔 슬럼화가 되다가 급기야 모두 떠난 빈 공간, 전기도 들어오지 않는 진짜 블랙타운이다. 문명이 사라짐과 관계 없이 사람 사이의 단절만으로 이미 블랙타운은 생긴 건지 모른다. 먹고 사는 게 전부였던 시대가 오히려 인간적이었을 것이다.

단원 세 명이 마당놀이패의 복장 그대로 들어왔다. 각자 자신의 옷과 악기를 쇼핑백에 넣은 채였다. 비로소 술판이 거나해진다. 술을 마시다가 모두 동네 산책을 나왔다. 집안은 이미 삼겹살을 구워낸 냄새로 답답한데다 아이 앞에서 마음 놓고 담배를 피울 수도 없는 노릇이었다. 이 집 안주인은 어린 아들에게 두꺼운 겨울외투를 입혔다. 역시 모성은 강하다. 남편에겐 봄 외투를 입히고 아이에겐 목도리까지 둘러준다. 지난주에 잠깐 더웠다고 남편의 겨울옷은 벌써 박스에 넣었단다. 엘리베이터에서 내려 밖으로 나오니 아직 겨울 날씨였다. 북한산의 매운바람이 얼굴을 쓸고 간다. 오 분 정도 걸었더니 물소리가 들린다. 원래 있던 북한산의 작은 냇가를 그대로 살려 제법 그럴싸한 아파트의 공원으로 꾸며놓았단다. 단원들은 북한산 공기와 더불어 흡연을 마음껏 즐기고 있다.

고교시절, 시외버스로 북한산 역을 지나 몇 정거장을 더 가면 바로 이 냇가가 보였다. 한국인들은 일단 계곡이든 냇가든 물만 보면 주변을 둘러싸고 판을 벌인다. 먹자판, 술판, 고스톱판, 혹은 춤판 심지어 굿판까지 벌어지기도 한다. 그다지 많지 않은 나이에 격세지감이란 말이 어울릴지 모르나 주변 환경의 재빠른 변화가 과거와의 연결에 자신감을 잃게 한다. 그 와중에 오늘의 주최자는 어느새 챙겨왔는지 시커먼 비닐 속에서 돗자리를 꺼내 깔았다. 곧이어 종이컵에 소주를 따른다. 싸늘한 기온 탓인지 오한이 들면서 소주가 넘어가는 뱃속에서 찌르르 소리가 나는 것 같다.

피워 문 담배 불빛 사이로 정면에서 초록 형광 빛이 비쳤다. 역삼각형의 얼굴이 언뜻 보기에 회색 여우같이 생겼지만 개임에 틀림없다. 사철나무 사이에 몸을 숨기고 이쪽을 주시하고 있다. 비좁은 돗자리에 바투 앉아 있는 우리 일행을 경계하고 있지만 마른안주에서 풍기는 냄새의 유혹을 떨쳐 버리지 않고 있다. 나는 오징어채를 한 움큼 뭉쳐 힘껏 던졌다. 생각만큼 멀리가지 못하고 가까운 곳에 흩뿌려졌다. 개는 미동도 하지 않는다. 이미 사람을 믿지 않은 지 오래된 개다. 다른 사람들은 아예 개 따위에 관심 없이 이른 봄밤의 추위에 떨며 술로 몸을 덥히는 아이러니에 빠져있다. 단원들의 주제가 일단 작품에 꽂히면 시간이 한참 걸린다. 잠이 든 아이를 끌어안고 있던 안주인이 집에 가자고 보챈다. 남편은 고개를 끄덕이되 대화는 그치지 않는다. 개는 여전히 사철나무사이에 몸을 감추고 있다. 우리가 자리를 떠야 부스러기나마 먹을 수 있을 것 같다. 나는 안주인의 무릎에 앉아 잠든 아이를 안아 올리며 가자고 했다. 모두 불콰해진 얼굴로 자리에서 일어나 다시 아파트 현관으로 간다. 나는 아이를 단원에게 넘겨주고 손을 들어올렸다. 그들은 적당한 아웃사이더인 나를 붙잡지 않는다. 모두 들어가는 걸 보고 나는 냇가로 갔다. 돗자리를 깔았던 주변에 서성이는 개가 보였다. 자세히 보니 배에 불룩한 혹이 덜렁거리고 군데군데에 털이 뭉텅뭉텅 빠져있다. 행여 이 아파트단지가 들어서기 전 재개발로 철거되던 동네에서 간신히 살아남은 개가 아닐까. 그렇다면 오랜 시간을 어떻게 연명해 왔단 말인가. 아파트 건설을 할 때 구획별로 나누어진 단지의 함바집 밥찌꺼기가 한 몫을 했을까. 나의 몸짓을 눈치 챈 건지 회색 개는 뒤를 흘깃거리며 사철나무 쪽으로 사라진다. 얼핏 강아지의 여린 소리가 들린 것 같다. 무심결에 사철나무 쪽으로 다가갔다. 울타리 대용으로 심은 사철나무는 빽빽해서 사람들은 여간해서 빠져나갈 수가 없다. 뒤쪽은 북한산을 끼고 가파른 언덕이 이어져 있다. 사철나무 틈새로 얼굴을 들이댔다. 회색 개가 먹은 것을 토해내고 새끼 두 마리가 그것을 먹고 있다. 이미 젖은 말라버렸고 이제 막 먹은 게 젖이 될 동안을 어미는 기다릴 수 없었던 모양이다.

하늘을 올려다보고 긴 한숨을 토해 냈다. 어미개의 배에서 덜렁거리는 혹이 내 가슴속에도 달려 있는 듯 답답했다. 그저 묵묵히 자식을 먹이고 살피는 본능 앞에 알 수 없는 부끄러움과 처연함이 느껴지는 건 왜일까.

몇 년 전 대문 경첩에 묶여 있는 개를 어찌하지 못했듯 지금도 나는 저 혹 달린 떠돌이 어미 개를 어쩌지 못한다. 돌아서면 그 잔상이 오랫동안, 아주 오랫동안 머릿속에 남아 죄책감을 느낄 것을 뻔히 알면서 역시 어쩌지 못한다. 이게 나다. 나는 모든 일에 아웃사이더로 살아남아 내 입에 풀칠은 할지언정 그 어디에나 집단에 완전히 소속되지 못한다. 그때그때 느끼는 감정을 털어 내지 못하고 가슴에 차곡차곡 쌓아 가면서도 누군가와 같이 어우러져 나의 감정을, 혹은 생활을, 영역을 함께하고 싶지는 않다. 여전히 식당에 들어서서 일 인분이요, 하고 머쓱하게 주문을 할지언정 머리를 맞대고 메뉴를 들여다보며 무엇이 가장 맛있을지에 대한 생각을 나누고 싶지 않다.

보통사람들의 당연한 삶에 나는 왜 거리를 두는 것일까. 나는 매사에 어머니의 완악함을 대신 사과하며 사는 것 같다. 그래서인지 남들처럼 마음 놓고 취한 적도 없다. 팔을 양쪽 바지 주머니에 넣고 버스정류장으로 향했다. 낮에 왔을 때와는 사뭇 다른 동네 같다. 추위에 점점 어깨가 올라간다. 나는 나를 잘 알기에 이런 동네에 살지 않는다. 주변에 산이 있어 계절마다 수시로 세월을 느끼기에 합당한 곳은 내 감정을 사정없이 흔들어서 객관적인 사고로 일을 하기에 적합하지 않다. 또 가장 경계해야 할 것은 음악이다. 자칫 나를 위험에 빠트릴 수 있다. 나를 나이게 하는 건 나밖에 없기에 내가 가장 치명적으로 취약한 부분은 스스로 피해가야 함을 알고 있다. 지금 이런 시공간도 내게는 위험

하다. 얼른 차를 타고 시내로 들어가야 한다. 적당한 소음과 빛, 문명의 냄새를 맡음으로 나는 내가 된다. 무덤덤하고 중간쯤의 거리를 둘 때 감정에 휘말리지 않을 수 있다. 걸음이 빨라진다.

하늘에 보이던 별이 없어지고 바람이 불기 시작하더니 빗방울이 떨어지기 시작한다. 아크릴 판으로 벽을 세워 놓은 버스정류장에 나 외에는 아무도 없다. 아크릴 판 너머로 비가 직선으로 내리고 있다. 사선으로 내리는 비는 감정을 살짝 들어 올리는 반면 직선의 비는 나를 땅 밑으로 밀어 넣는 것 같다. 지나가는 차들은 차종을 막론하고 과속으로 달려간다.

정류장의 플라스틱 벤치에 넋을 놓고 앉아 있는 나는 마치 무대 위의 쿠로코가 되어 검은 옷을 입고 배우의 등 뒤에서 소리 없이 움직이며 도와주는 존재감 없는 무형의 인물 같다. 언제나 나의 존재는 드러나지 않는다. 극단에서도 연출이 원하는 자리를 깔아 주고는 한 발짝 물러서서 그들이 노는 모습을 지켜본다.

난폭하게 달리는 차량들 속에 하늘색 시외버스가 끼어 들어온다. 몇 명 안 되는 승객의 무표정한 얼굴이 이 세상 사람들 같지 않다. 주변이 온통 새로 지은 아파트 단지에다 백색 가로등이 띄엄띄엄 빛을 비추는 도로에는 지나가는 사람이 아무도 없다. 사람이 죽고 나면 그 후에 누구나 한 번은 통과하는 중간 지점인 것만 같다. 내려야 할 지점이 나타나지 않은 채 이대로 끝없이 달려 나가는 영화 같은 장면이 머릿속에 펼쳐진다. 나의 집은 기다리는 사람이 없고 음식에 관한 그 어떤 냄새도 풍기지 않는 모델 하우스 같다. 이 생활이 언제까지 계속될지 끝이 익숙지 않은 제 3세계의 영상물을 보는 것 같다. 교통수단을 이용하지 않은 채 무작정 걸어대던 수많은 시간이 쌓여도 가슴 속의 응어리는 풀어지지 않고 딱딱하게 굳어 갔다.

구파발역에 내리자 비가 더욱 세게 내리고 있었다. 가장 가까운 편의점에서 검은 우산을 샀다. 우산을 쓰고 나자 조금 마음의 여유가 생긴다. 주변을 둘러보았다. 제법 불야성을 이루고 있다. 불과 몇 년 전만 해도 이곳은 시내버스의 종점으로 북한산으로 가는 등산객들이 떼 지어 내리던 곳이다. 주변에 가게라고는 등산용품을 팔거나 간단한 요깃거리를 위해 주로 분식이나 막걸리, 음료를 파는 곳 정도였다. 서울과 경기도를 잇는 이 지점은 어느새 상권이 확장되어 유흥의 모든 조건을 빠짐없이 갖추고 있다. 먹고 마시고 즐기기에 어울릴 만한 제각각의 간판을 달고 교태를 부린다. 어디든지 대부분 둘 이상의 동료가 있어야 부담 없이 드나들 수 있다. 애초에 나의 직업은 종교인이 되어 세상의 열정과는 담을 쌓고 살아야 마땅하지 않았을까. 십 여분을 서성거렸다. 역시 세상의 현란한 불빛은 나를 유혹하지 못한다.

무거운 마음으로 발길을 돌렸던 많은 일들이 있었다. 이제는 하나씩 부딪칠 때도 되지 않았을까. 더 젊었을 때는 엄두가 나지 않았고 앞으로 늙고 나면 자신이 없어질 것이다. 지하철 출입구를 등지고 다시 배나무길이 있는 이화마을로 가는 버스를 찾았다. 십여 명이 줄을 서있었다. 같은 길을 가는데 조금 전에 지날 때와는 사뭇 다른 분위기이다. 가족을 찾아가는 이들의 희망과 안식의 기운이 넘쳐 서일까. 이화마을에서 예의 십여 명이 모두 내리고 있다. 버스기사는 와이퍼가 훑어 내는 앞 유리창을 멍하게 바라본다. 그 시선은 파주 쪽 흐릿한 길을 향해 있다.

보도블록에 발을 내딛자 어디선가 꽹과리 소리가 들리는 것 같다. 역시 꽹과리 소리의 이명은 꽤나 질기다. 나는 마치 이 동네에 오래전부터 살았던 양 자연스레 걷는다. 십여 명의 주민들은 어느 틈에 사방으로 흩어져 갔다. 시냇가가 어느 쪽인지 갈피를 잡을 수가 없다. 아예 배나무길 쪽으로 가서 되짚어 시냇가를 찾았다. 불과 한두 시간밖에 지나지 않은 그 장소가 생소하게 보인다. 돗자리를 깔았던 뒤쪽으로 사철나무가 시커멓게 둘러서서 비를 맞고 있다. 그 모습이 마치 묘지를 지키는 석상 같다. 나는 어느새 빽빽한 사철나무의 좁은 틈을 비집고 있었다. 산등성이 쪽은 불빛이 전혀 없이 그저 시커먼 암흑덩어리가 뭉쳐진 듯하다. 잠시 암담하게 서있었다. 내가 지금 여기에 왜 서있는 것일까. 불편한 마음으로 돌아섰던 장면은 아무리 시간이 지나도 지워지지 않았다. 공포영화도 고개를 돌리고 상상한 영상이 더 무섭지 않던가. 차라리 끝을 보고 나면 잊을 수 있을까. 주머니를 뒤져 담배를 꺼내고 라이터를 켠 순간 왼쪽 15도 방향으로 무언가의 움직임이 느껴졌다. 다른 빛이 있는 곳이라면 턱도 없을 담배 불빛이 이 암흑 속에서 제법 역할을 한다. 나는 일단 제자리에 앉아 몸을 낮추었다. 큰 움직임 없이 계속 담배를 피웠다. 한 모금 빨 때마다 그 밝기에 맞춰 눈을 크게 뜨고 왼쪽을 주시했다. 대충 감이 왔다. 배에 혹이 있던 어미 개가 쓰러져 있고 그 옆으로 새끼 한 마리는 ㄷ자로 누워 움직이지 않았다. 가까이 다가갔다. 주변에 어미 개의 희뿌연 토사물이 빗물에 씻겨 죽처럼 번져 있었다. 새끼가 그대로 있음을 보고 빗소리에 내 발자국 소리가 들리지 않았다고 생각했다. 그러나 나와 눈이 마주쳐도 남은 새끼 한 마리는 도망가지 않았다. 어미 개와 나를 번갈아 보며 몸을 떨고 있다. 내 머릿속에서 생각이 엉킨다. 지난 몇 년간 내 가슴의 돌덩이가 이것이었을까.

내가 죽기 전에 해야 할 중요한 일 중에는 이 새끼 강아지 한 마리를 거두는 일도 포함되었을 것만 같다. 우산을 어깨에 걸치고 두 손을 내밀어 안아 올린 새끼는 비에 젖은 솜뭉치 같다. 새끼는 축 늘어져 떨면서도 눈은 옆으로 내리깔고 어미를 보고 있다. 한 손으로 목도리를 풀어 젖은 새끼를 감싸 안았다. 내가 걸음을 옮기자 새끼는 힘겹게 고개를 뒤로 돌려 어미 쪽을 향한다. 새끼 강아지는 어미의 죽음이 진정한 끝이라는 걸 이해할 수 있을까. 어느 틈에 정류장 근처 마트가 보인다. 택시에서 손님이 내리고 있다. 우산을 접고 급히 올라탔다. 나이든 운전기사는 탐탁지 않은 표정이다. 집으로 향하는 나의 머릿속에 여러 생각이 줄을 잇는다. 우선 집안 온도를 높이고, 참치죽을 끓이고, 목욕을 시키고….

왼쪽에 안긴 새끼의 숨이 느껴졌다. 갑자기 신명이 나기 시작한다. 귓가에 꽹과리 소리가 울리는 것 같다. 집안에 보일러를 틀어놓은 것처럼 내 몸속의 피가 빠르게 도는 것 같다. 어깨가 절로 들썩여진다. 내가 원래 흥이 있는 사람이었던가. 내 몸속의 기질을 오랫동안 잊고 살았었나. 꽹과리 소리뿐이 아니다. 북과 날라리, 장구까지 곁들여진다. 머릿속에서 상모꾼이 공중회전을 한다. 그러고 보니 나는 너무 오랫동안 혼자 살아왔다.

카모테스

나도 모르게 걸음이 빨라졌다. 아니 어느새 뛰고 있었다. 가슴 속에서 쿵쾅거리는 소리가 들리는 것 같아 머리가 어지러웠다. 마주 오던 리트리버종의 연한 갈색 개가 내 쪽으로 다가오는 걸 보고서야 발걸음이 멈췄다. 개 주인이 목줄을 슬쩍 당기자 개는 내게서 시선을 돌렸다. 그제야 휴대폰이 울리는 걸 알아챘다. 보나마나 지석일 것이다. 나는 휴대폰을 꺼버렸다. 머릿속을 정리해봐야 했다. 그동안 잠재워놨던 필리핀에서의 끔찍한 기억이 깨어나고 있다.

값싼 항공을 택하다 보니 면세점은 이미 문을 닫았다. 주변에 커피를 마실 곳도 없었다. 비행기 맨 뒷좌석에 앉아 담요를 뒤집어썼지만 서비스교육이 엉망인 것인지 뒤 칸에서 쉴 새 없이 타갈로그어로 떠드는 여승무원의 수다소리와 비행기의 웅웅거리는 엔진소리가 마치 공장 안에서 작업 중인 것 같았다.

내가 조리사로 있는 비닐 포장재 공장의 식당은 이십 년이 넘은 가건물로 일층에는 매점이 있고 이층이 직원식당이다. 몇 개월 전부터 일층 매점의 관리인이 천장에서 시멘트가루가 자주 떨어진다는 보고가 있었다. 건축시설물 감리를 받아보니 건물을 보수해야 한다고 했다. 식당을 완전히 보수하려면 최소한 석 달이 걸린다는 것이다.

모처럼 7년간의 시간을 되돌아보게 되었다. 생각지도 않은 휴식의 시간이 찾아온 것이다. 한여름에 에어컨을 틀었을 때나 겨울의 히터 틀 기간을 빼고 식당 창문을 열었을 때는 여지없이 공장건물에서 웅웅거리는 기계소리가 들렸다. 막상 현장에서는 더 심한 소음일 것이다.

그래서인지 현장 근무자들은 약간 가는귀가 먹은 것 같다. 때때로 급식 판에 밥이나 국을 퍼줄 때 뭐라고 웅얼거린다. 네? 하고 물으면 느닷없이 더 달라고요, 라고 소리친다. 처음에는 깜짝 놀라 은근히 화가 나기도 했었다. 차츰 그들이 화가 난 게 아니라 습관상 상대편이 안 들리는 줄 알고 크게 말한다는 걸 알게 되었다.

비행기에서 내리자마자 덥고 습한 기운이 훅 목구멍을 넘어온다. 캐리어를 찾아 끌고 출구로 나가자 S어학원 팻말을 든 반바지 차림의 남자가 눈에 띄었다. 나와 눈이 마주치자 반바지는 팻말을 흔들었다. 가까이 다가가자 프린트에 적혀있는 내 이름을 확인한 후 잠시 기다리라는 짧은 말을 끝으로 그 반바지는 계속 출입구만 바라보았다.

오 분쯤이었을까. 그런데도 내게는 길게 느껴졌다. 시커먼 얼굴에 눈동자만 유난히 기름칠을 한 듯이 번들거리는 필리핀 남자들이 대놓고 뚫어지게 쳐다보아서였다. 저들은 예의도 없는 것인지.

잠시 후, 반바지가 팻말을 번쩍 들었다. 세계 어딜 나가도 한국인들끼리는 감으로 알아보는 것 같다. 예의 두 여자, 그중 한 여자는 어학원에 오기에는 나이가 꽤 들어보였다. 두 여자와 나는 고개만 까닥한 채 서로 소개도 없이 반바지를 따라 어학원 마크도 찍혀있지 않은 승합차를 탔다. 반바지가 운전석에 앉아 있던 현지인에게 두 마디나 했을까. 그때부터 승합차는 가로등이 점점 줄어들다가 아예 없어진 시커먼 도로를 한 시간 가량 달리기 시작했다.

슬슬 겁이 나기도 했지만 시간에 맞춰 어학원 팻말을 들고 명단을 가져온 데다 내 옆에는 모녀라는 두 여자가 있기에 그나마 안심할 수 있었다. 갑자기 속도가 줄더니 큰길에서 좁은 골목으로 들어섰다. 공터 옆 첫 번째 흰색 건물의 큰 철문이 열리더니 권총을 옆구리에 찬 경비원이 인사를 했다. 짐을 내리고 반바지는 운전사와 담배를 피우는 동안 우리를 그냥 기다리게 했다. 낯선 곳에 들어온지라 여자 셋은 그저 잠자코 있었다. 조명이 없는 탓에 주변이 어떤지 통 감을 잡을 수 없었다. 반바지는 운전사를 돌려보내고 건물 안으로 들어가 일층 엘리베이터 앞으로 갔다. 오층에서 내리자 호수가 적혀있는 열쇠를 나누어준 반바지는 자세한 얘기는 내일하자며 계단을 내려갔다.

방문을 열자 더운 지방의 특성대로 바닥에 차가운 흰색 타일이 깔려있다. 시멘트벽에는 역시 흰색 수성페인트를 칠해놓아 마치 소도시에 있는 병실 같은 느낌이다. 합판을 댄 조악한 두 개의 침대프레임은 높게 설치되어 각각 벽에 바짝 붙어있다.

나는 방문을 열면 바로 보이는 침대보다 창가 쪽 침대를 선점했다. 창문틀은 거칠게 짜여 있어서 잘못 손을 댔다가는 가시가 박힐 것만 같다. 우선 욕실용품을 먼저 꺼냈다. 긴장과 피곤이 뒤섞여 아무 생각이 없다.

싼 요금으로 일요일 새벽에 도착한 나와 달리 나의 룸메이트는 아시아나항공으로 여유 있게 일요일 낮에 들어왔다. 외모나 행동은 어려 보였는데 나보다 두 살이 많아 언니라고 부르기로 했다.

월요일부터 금요일까지 매일 아침 여덟 시부터 오후 네 시까지. 레벨테스트를 거친 영어수업이 계속되었다. 식당에서 매일 아침, 점심, 저녁이 나왔고 토요일은 일박이 가능한 자유 시간이었다.

저마다 정한 영어식 이름은 생뚱맞은 몇몇을 제외하고는 나름대로 이미지가 비슷해서 외우기 쉬웠다. 갑자기 영어이름을 지으라고 했을 때 나는 갑자기 엄마가 생각났다. 평생 무뚝뚝했던 엄마가 죽음을 맞이하기 얼마 전이었다. 베란다에서 창밖을 내다보며 나랑 동갑인 나스타샤 킨스키는 어떻게 사는지 가끔 궁금할 때가 있어, 라고 뜬금없이 말했었다.

여자들은 나이가 들어도 역시 여자였다. 자신과 동갑인 동성 연예인을 자신의 모습에 비춰보며 세월을 실감하는 모양이다. 내 이름은 나스타샤로 정했다. 나의 룸메이트는 제법 나이가 들었음에도 하얗고 촉촉한 피부를 자랑하며 그와 어울리게 릴리라는 이름을 마치 준비해 놓았다는 듯 선뜻 말했다. 왠지 저들이 릴리를 알고 있는 눈치였다.

나와 같이 도착했던 모녀는 한동안 어학원에서 화제의 중심이 되었다. 과년한 딸을 지키기 위해 온 듯한 극성맞은 중년여자는 엘리자베스의 애칭으로 불린다며 리즈라 했다. 말수가 적고 움직임이 느린 그녀의 딸은 올리비아라는 비교적 긴 이름을 택했다. 당장 〈러브스토리〉의 올리비아 핫세가 떠올랐다. 그러고 보니 가운데 가르마를 탄 긴 생머리에 약간 맥아리 없는 얼굴 표정도 비슷한 거 같았다.

남학생들은 보통 탐이니 존이니 칼, 잭처럼 부담 없는 단음을 선호하는데 비해 여학생들은 최대한 멋진 이미지를 구사하느라 애를 쓰는 듯 했다. 보통은 길어봤자 에밀리, 줄리엣, 제시카 등 세음에서 끝나지만 투탕카멘이라는 대만에서 온 남학생을 빼고는 나스타샤와 올리비아가 네 음으로 제일 길었다.

한국에 비해 해가 빨리 떠올라도 일찍 일어나는 건 역시 귀찮은 일이다. 늦게 일어나면 제시간에 맞춰 문을 닫는 식당에 들어갈 수가 없다. 간단한 문구류와 스낵, 음료수밖에 없는 매점은 아무 도움이 되지 않는다. 점심까지 꼬박 굶는 수밖에. 나이 삼십은 어느덧 한 끼를 굶는 것도 허하고 섭섭했다.

다른 어린 학생들이야 어학연수가 그야말로 영어를 단련하기 위한 코스였겠지만 사실 나는 영어에 목을 맬 나이도 직업도 아니다. 그저 좀 쉬고 싶을 뿐이다. 〈수영장〉이라는 일본영화에서 일본여자가 태국에 가서 느긋하게 사는 게 부러웠다. 유감스럽게도 태국에서 어떻게 관광객이 아닌 일반인처럼 생활할지 알수가 없었다. 그럴 바에야 어학원에 등록을 하면 적어도 호텔에서 자지는 않아도 되겠다싶었다. 아쉽게도 동남아에서 어학원이 있는 곳은 필리핀밖에 없었다.

생각과 달리 망고나무 그늘에 앉아 여유 있게 야자수를 마시는 일은 꿈도 못 꾸게 되었다. 나에게는 높은 점수 받아봐야 별 쓸모없는 영어공부에 생각지도 않게 스트레스를 받게 되었다.

수시로 있는 영어시험에서 낮은 점수를 받고 어린 학생들 앞에서 쩔쩔매는 게 뭔가 창피하고 자존심이 상한 것이다.

미국에서 공부했다는 어학원장은 평소에 작업복을 입고 다니며 손에는 거의 연장도구를 들고 다닌다. 학원에 고용된 일꾼이 있어도 손수 시범을 보이지 않으면 더운 곳의 게으른 일꾼을 부리기가 좀처럼 쉽지 않다는 것이다. 아내와 자녀를 미국에 두고 온 원장은 방 하나에 눌러앉아 어학원 건물의 임대료가 비싸다고 투덜댄다.

중국인 건물주가 여간 짠돌이가 아니란다. 정작 자신은 중노동을 하며 곰처럼 일하고 떼놈이 높은 임대료로 다 가져가 버린다고 울상이다. 게다가 필리핀 현지인들은 기질적으로 한국인들과는 너무도 달라서 애를 먹는다고 했다. 좋게 말하면 낙천적이고 반대로 생각하면 게으르고 꿈이 없다는 것이다. 급료를 주급으로 주는 데, 월급으로 많은 돈이 수중에 들어가면 다음날 느닷없이 출근을 안 한다는 것이다. 돈이 다 떨어질 때까지.

점심시간에 식당 출입이 금지되어 휴게실 한쪽에서 도시락을 시켜먹는 필리핀 영어선생들이 안쓰러웠었다. 그러나 그들에게 똑같이 식당음식을 제공했더니 반찬을 싸가는 건 기본이고 소금, 후추와 심지어 수저까지 챙겨가더란다. 영어를 가르칠 정도면 나름대로 대학에서 공부 좀 했을 이들이 문화적인 소양은 영 수준에 미치지 못한다는 것이다.

알고 보니 나의 룸메이트 릴리는 완전 '꾼'이었다. 알면 알수록 입이 벌어졌다. 그녀의 열어놓은 캐리어에는 온통 클럽용 옷이 한 가득이었다. 세부에 있는 다른 어학원을 비롯해서 이 어학원을 이용한 지가 이미 삼 년이 넘었다고 한다. 보통 한 번에 한 달에서 길면 두 달 정도 메뚜기처럼 잠깐씩 건너뛰면서 들렀다고 한다. 이곳에서 사귄 남자만해도 이십여 명이 넘는다니 놀랄 수밖에. 필리핀인과 일본인, 중국인도 있었다고 한다. 능청스러울 나이에 덧니를 드러내며 애교 있게 웃는 모습은 일단 남자들이 거부할 얼굴이 아니었다.

정교하고 세밀하게 한국에서 짜온 거미줄을 세부의 나이트클럽에 치고 기다린다며 두 손등을 내게 활짝 펼친다. 열 개의 손톱 중 가운데 손톱에 시커먼 왕거미가, 나머지 손톱에는 거미줄이 네일아팅되어 있었다. 내 등줄기로 식은 땀방울 하나가 쭉 흘러내렸다.

콩팥이 시원찮은 나는 음식에 신경이 쓰였다. 더운 나라 사람들은 의례 짠 음식을 아무렇지 않게 먹어온 유전자가 있는지, 한국보다 2.5배는 짜게 먹는 것 같았다. 아무래도 한국인이 운영하다보니 일본인이나 중국인보다는 수적으로 한국인 학생이 많아서인지 대체로 한식위주의 식단이었다. 그나마 중국인들은 한국

식단에 큰 거부감이 없어 보였다. 단지 몇 안되는 일본인 여학생들은 매번 못마땅한 얼굴이다. 그들끼리 하는 일본어를 알아들을 수는 없지만 맛이 없어 못먹겠어라는 건 알 것 같았다.

대부분의 음식이 내가 먹기에는 너무 짜서 정작 마음 편히 먹을 수 있는 건 삶은 계란이나 미역국의 건더기 정도였다. 조리사의 시각에서 보면 대체로 단백질과 칼슘이 부족한 식단이었다. 식당의 후식용 과일은 주로 바나나였고 어쩌다 파인애플일 뿐 망고는 보이지 않았다. 내가 먹을 과일은 주로 토요일에 슈퍼마켓에 들러 사왔지만 한두 번 먹으면 질리는 단맛이 날뿐 상쾌한 뒷맛은 느낄 수 없었다.

가장 맛있고 싱싱한 과일은 모두 수출해버린 건지 흔한 망고와 망고스위트, 용과도 딱히 한국에서보다 더 맛있지는 않았다. 한국에서도 특산지에서 사는 물품보다 수출품 외에는 서울에서 사는 게 가장 좋고 신선하고 싼 것처럼 말이다.

버스 정거장 벤치에서 넋을 놓고 앉아 있는데 누군가 내 어깨를 세게 붙잡았다. 그새 내가 왜 뛰어왔는지 잊고 있었나 보다. 난 지석이에게 아무 말도 할 수 없었다. 이미 그의 엄마, 리즈는 모든 것을 알고 있을 테니. 그의 엄마가 리즈임을 알았다면 애초에 지석과 엮일 일은 없었을 것이다. 리즈의 시각에서는 난 이미 남편감 하나를 잡아먹은 팔자 센 여자가 아니던가. 딸아이를 따라서 어학연수를 올 정도로 극성맞은 여자가 며느리를 허투루 들일 리가 없을 것이다. 아무리 애써봐야 나만 궁색해질 뿐이다.

L제과 직원인 지석이가 처음 우리 회사 식당에 왔을 때가 생각난다. 우리 회사 식당은 원래 식권을 사용하지 않는다. 다른 건 몰라도 직원들의 점심만큼은 마음껏 편히 먹게 하자는 경영진의 생각이다. 그날은 내가 웬 심술을 부렸나 모르겠다. 썰렁한 가을비가 내린 탓인지 모른다. 비오는 날은 식당바닥이 비에 젖은 신발로 조금씩 질척이게 된다. 공장건물에서 우리식당으로 이어지는 곳에 플라스틱 간이 지붕이 있음에도 빗물이 어느 틈에 저들의 신발을 타고 이동해 오는지 미끄러운 바닥을 디딜 때마다 짜증이 꾸물꾸물 구더기처럼 올라왔다.

낯선 외부인인 지석이가 수저를 집을 때 내가 식권은 내셨나요, 라고 물었다. 당황한 지석이가 앞뒤 사람을 둘러보며 어쩔 줄을 몰라 했다. 때마침 뒤에 있던 직원이 한쪽 눈을 찡긋하며 우리는 냈는데 하며 지석을 밀치며 앞으로 나오고 있었다. 뒤에 사람도 그 뒤에 사람도. 새빨개진 얼굴로 뒤돌아서려는 지석이를 내가 불렀다. 농담이에요. 어서 오세요. 그러나 지석이는 돌아서지 않았다. 그대로 나가버린 것이다.

그 후 일주일쯤 지나서였다. 퇴근을 하고 버스를 탔는데 뒤에서 누가 툭 치며 버스비는 냈나요 한다. 너무나 당당한 그의 모습에 처음에는 알아보지 못했다. 나중에 알고 보니 단단히 벼르고 왔다는 것이다. 역시 아니다. 지석이는 뒤끝이 길었다. 조금이라도 꺼림칙한 일은 결코 잊을 성격이 아니다.

지석이는 영업상 우리 회사에 자주 오면서 관련된 직원들을 다 파악하고 있다. 심지어 그 사람들의 개인적 취향이나 장단점을 다 분석해놓고 대처한다. 때로는 그가 무섭기도 했다. 리즈와 그녀의 딸, 지석이까지 내가 감당할 수 있는 사람들이 아니다.

모처럼 금요일부터 연휴가 잡혔다. 어학원에서 2박 3일의 휴일은 흔치 않은 일이다. 일본 이름 같은 '카모테스'로 여행일정을 짜고 있었다. 카모테스는 일본어가 아니라 고구마처럼 생겼다는 원주민의 언어였다.

사진작가라는 이십대 후반의 다케다와 대만학생도 함께 가기로 했다. 릴리는 샹그릴라호텔의 수영장에서 중국인 사업가를 만나기로 했다며 목요일 저녁에 이미 사라져 버렸다. 리즈와 올리비아가 같이 간다고 하자 몇몇 여학생이 반대했다. 부모의 눈치 없이 마음껏 즐기고 싶은 심정을 이해 못할 바는 아니지만 대놓고 거절할 수가 없어서 그 모녀도 같이 가기로 했다.

배를 타고 두 시간을 가서 도착한 곳은 그저 그렇게 보였다. 그러나 항구에서 현지인과 교섭 끝에 지프니를 타고 가서 내린 호텔의 앞바다는 탄성을 불러 일으켰다. 여행책자에 나올 법한 야자그늘 아래의 민트 빛의 바다색 그대로였다. 저녁 식사를 마치고 캠프화이어를 할 때 모녀는 나오지 않았다. 늙은 아줌마가 그래도 눈치는 있다며 여자애들이 좋아했다. 어떻게 준비했는지 맥주와 위스키가 이리저리 뒤섞여 마시다 보니 날이 훤해질 무렵 잠을 잤다.

평소에 릴리에게 질척거리던 다케다가 그녀가 없음에 꿩대신 닭인 걸 뻔히 아는 내게 다가왔다. 작은 키에 비쩍 마른 다케다는 어린 나이임에도 머리숱이 적은 탓인지 실제보다 나이가 들어보였다. 다케다는 영어발음이 좋지 않은 전형적인 일본인이어서 그가 말을 할 때는 듣는 사람이 긴장하게 된다.

다케다가 마음에 들지는 않았지만 웬만한 남학생들은 이미 내게 관심을 보이지 않았기에 외톨이를 모면하기 위해서는 그를 상대해야 했다. 멋진 경치의 느긋한 분위기에서 관심 받지 못하는 자존심 강한 여자의 처량함은 가히 살인적이다. 특정인이 없는 알 수 없는 분노와 적개심까지 불타는 것이다. 그 밤 다케다는 내 적개심의 희생양이 되었다.

늦은 아침을 먹으러 모였을 때 주변에 비쩍 마른 개 서너 마리가 어슬렁거리며 모여들었다. 관광객 근처에서 바닥에 흘린 음식물을 먹고 사는 모양이다. 개들은 털이 주로 잿빛과 희멀건 아이보리색이었다. 기름기라고는 전혀 없는 뻣뻣한 빗자루 같은 짧은 털이 본래 검은색과 갈색이 강한 햇볕에 탈색된 듯한 모습이다. 또한 강한 자외선에 노출된 노란 눈동자는 백내장이 연상되는 염소의 눈알 같았다. 바로 코앞에 음식이 떨어져도 개들의 동작은 한결같이 느릿하다. 개들도 그 땅의 국민과 비슷한 근성을 몸에 익히나보다.

우리 일행은 점심을 먹기보다는 나와 다케다를 눈으로 엮어서 꼬치에 꿰고 있었다. 냉담하고 뻔뻔한 나와 달리 다케다는 어색해서 쩔쩔매고 있었다. 내가 지금껏 겪어온 인간들이란 허허 웃으며 권해놓고는 막상 먹어치우고 나면 권한다고 진짜 먹냐, 예의상 거절도 안하냐, 라는 것들이다. 먹은들, 안 먹은들 어차피 그들과는 별 상관없는 일이다. 내가 먹고 살이 되던지, 토하고 고생하며 후회하던지 내 일일뿐이다.

카모테스에서의 일정을 마치고 어둑어둑해서 어학원에 도착했다. 웬일인지 릴리가 벌써 자고 있었다. 꽤나 피곤했나 보다. 릴리는 월요일 아침 첫 시간은 거의 결강을 한다. 쉬는 시간에 방에 와보니 릴리가 비스킷을 앞에 두고 커피를 마시고 있었다. 커피 잔을 들고 있는 손을 보니 진한 핑크색 손톱에서 스톤이 번쩍인다. 예전보다 훨씬 화려한 네일아트이다. 릴리의 입에서 웃음이 미터지려고 한다. 상그릴라호텔에서의 일에 대해 할 얘기가 아주 많아 보였지만 휴식시간이 너무 짧았다.

다른 학생들은 적어도 금요일 밤부터 토요일, 일요일에 놀러 나가지만 릴리는 단 하루도 거르지 않고 밖으로 나갔다. 세부의 다른 어학원에 비해 규칙이 까다롭지 않아서 이곳을 택한 모양이다. 이곳이 물론 한국보다 물가가 싸기는 해도 막상 쇼핑을 할 때 제대로 된 물건을 고르거나 먹을 만한 음식을 선택했을 때는 그다지 싸다는 느낌이 들지 않았다.

아주 싼 것은 싸되 정작 우리들의 기준에서 값을 지불할 만한 것은 결코 싸지 않다는 것이다. 릴리는 그 많은 지출을 무엇으로 감당하는지 알 수가 없다. 원래가 부잣집 자녀 같지는 않고 고액의 연봉을 받는 직장인은 더더구나 불가능한 휴가일수가 아니던가.

카모테스에서 돌아온 후 다케다는 내게 달라붙기 시작했다. 식당에서는 대놓고 내 옆에서 밥을 먹었고 나 혼자 수강하는 영어작문을 신청해서 수업시간에 나를 쳐다보고 실실 웃었다. 다케다가 썩 마음에 든 것은 아니지만 이것저것 눈알 굴리며 계산하는 영악한 다른 애들에 비해 그나마 순수하다는 게 장점이었다. 끼리끼리 어울려 나가는 금요일 저녁에 겨우 다케다에게 간택 받은 기분으로 세부의 맛집을 찾아가게 되었다.

해물전문 식당에서 일일이 게살을 발라주는 다케다는 의외였다. 솔직히 겉보기에는 약간 이기적이고 제 몸만 건사할 것 같았기 때문이다. 필리핀인을 대하는 한국학생들의 다소 되바라진 언행에 비하면 다케다는 예의바르고 겸손했다. 이번 어학코스가 끝나면 다케다가 자신의 부모님이 계시는 오키나와의 나하에 가

보자고 했다. 뜬금없는 말에 나는 피식 웃기만 했다.

다케다는 카모테스의 바다색이 오키나와의 민트 빛 바다와 너무 비슷하다고 했다. 일요일에는 커플 마사지실에서 함께 마사지를 받고 나서 작고 아담한 카페에서 산미구엘 맥주를 마셨다. 그러다보니 수업시간의 영어공부보다 훨씬 효과적인 학습결과가 나타났다. 각자의 표현을 정확히 하고자 수시로 사전을 찾아 말하다보니 암기력이 높아진 것이다.

그런 과정을 다케다는 매우 흡족해 했다. 내가 다케다와 가까워지자 그동안 그를 거들떠보지도 않던 어린 한국여학생들이 꼬리를 치기 시작했다. 이유 없이 다케다를 툭툭 치며 '오빠'라고 콧소리를 낸다. 다케다는 멋쩍어서 어쩔 줄 몰라 했다. 내가 다케다와 로비에서 커피를 마시고 있으면 예의 그 여학생 무리가 와서 커피를 사달라고 한다. 다케다는 일일이 커피를 다 사준다. 그러면 그들은 왠지 내게 네롱하는 표정을 짓는다. 다케다를 공유하는 느낌이다.

나는 다케다에게 저 학생들의 악의에 찬 희롱을 받아주지 말라고 했다. 그는 나 때문에 사주었다고 했다. 나의 남친이 쪼잘한 사람으로 보이면 창피하지 않겠냐는 것이다. 그의 여유로움에 나는 안도했다. 그리고 비로소 그가 믿음직스러웠다. 그래서 잘될 뻔했다. 그 일만 아니었으면.

SM몰에서 쇼핑을 할 때부터 이미 다케다와 나는 누군가의 사냥감이 되었던 모양이다. 택시에서 내려 어학원을 코앞에 두고 다케다는 피살되었다.

S어학원의 경비가 권총을 꺼내며 달려왔을 때 다케다의 지갑을 채간 범인의 오토바이는 이미 저 멀리 작아지고 있었다. 커플 반지를 끼고 싶어 하는 다케다의 요구에 망설이며 들어선 귀금속 가게의 유리를 통해 다케다가 계산을 치르는 모습이 노출되었던 것 같다. 그때 그곳에 왜 갔을까. 아니 왜 다케다와 사귀었을까. 애초에 카모테스에 가지를 말 걸. 그냥 서울에 있을 걸. 수많은 후회의 시간이 엉기기 시작했다. 삼 개월 예정이던 나의 일정은 불과 두 달 만에 끝났다.

SM몰에서부터 범인의 오토바이는 우리가 탄 택시를 쫓아온 모양이다. 어학원에 도착해서 다케다가 택시비를 내고 왼손에 쇼핑백을 든 채 오른쪽 상반신을 반쯤 내밀었을 때였다. 나는 그렇게 가까이에서 총소리를 들어본 적이 없었다. 불과 오 초도 안 되는 그 순간이 내겐 엿가락같이 늘어난 오 분 간의 영상 같았다. 지금도 가끔 내 머릿속에서 그 순간이 떠오르려는 낌새가 있으면 심장이 먼저 거부반응을 일으키며 온몸이 굳어버린다.

어학원의 모든 학생이 나를 경멸의 눈빛으로 쳐다보았다. 내가 뭘 어쨌다고, 마치 내가 죽이기라도 했다는 표정이었다. 정작 내가 죽였다면 무서워서 감히 쳐다보지도 못했을 것이다.

어학원 전체의 분위기가 가라앉은 가운데 나는 방안에 틀어박혀 물과 커피만 마시고 있었다. 그러다보니 릴리와 같이 있는 시간이 늘어나며 그녀의 새로운 면을 알게 되었다. 릴리가 캐리어를 열고 새로 산 복숭아 색 시폰블라우스를 찾다가 무심결에 건드린 쇼핑백 하나가 쓰러지며 달러가 쏟아져 나온 것이다. 릴리와 나는 서로 얼굴을 쳐다보았다. 릴리는 황급히 돈다발을 주워 담고 가진 게 돈밖에 없네, 라며 어설픈 미소를 지었다.

그걸 알고 나니 릴리가 무서워지기 시작했다. 같은 방을 쓰고 있다가 괜히 잘못 엮이는 건 아닌지 묘한 두려움이 생긴 것이다. 어쩌다 급하게 방문을 열었을 때 영어로 얘기하던 릴리가 즉각 중국어로 바꿔 말해도 그저 그런가보다 했었다. 아직 남아있는 연수기간이 문제가 아니었다. 어학원장 말처럼 며칠 쉬고 나서 회복될 일이 아니었다. 이곳에서 벗어나야 했다. 공부고 휴식이고 그저 돌아가고 싶은 마음뿐이었다. 엄마가 돌아가신 후 늘 혼자 지내던 13평 아파트가 이렇게 그리울 줄 몰랐다. 식당주방에서 일을 하다가 멈췄을 때 간간이 들리던 공장의 웅웅거리는 소음이 귀에서 맴돈다. 한 달여간 죽은 듯이 지내다 회사 식당으로 돌아가면 이곳에서의 모든 일은 꿈같이 잊혀질까.

다케다의 부모가 사무실에서 어학원장을 만나고 있다고 눈치 빠른 릴리가 알려줬다. 나는 망설였다. 가서 인사를 해야 할지 모른 체 있어야 할지 말이다. 행여 인사하러 내려갔다가 설마 머리채를 쥐어뜯기지는 않겠지만 말이다. 다케다의 부모에 대해 단 한 가지도 물어보지 못한 게 아쉬웠다. 그저 막연하게 왜소한 노부부의 단아하고 쓸쓸한 모습이 떠오를 뿐이었다. 노부부가 캐리어에 아들의 짐을 쓸어 담고 떠나야 할 모습이 자꾸 눈에 밟혔다. SM몰 뒤편에 있는 마볼로 대학 병원 영안실에 안치되어 있던 다케다의 시신이 그대로 오키나와의 나하로 공수된다고 했다. 그의 집안 어른들이 대대로 모셔진 바다가 보이는 가족공원에 화장단지가 안치된다는 것이다.

　짐을 정리하다가 일층 세탁실로 내려갔다. 세탁물을 찾는데 다케다의 방 번호 선반위에 카모테스의 야자수 그림이 그려진 티셔츠가 개어져 있었다. 눈물이 핑 돌았다. 그 티셔츠를 내가 찾아야 되나 망설이는 걸 세탁실 아주머니가 알아챘나보다. 딱딱한 영어로 네가 가져갈래, 라며 내 코앞에 들이댔다.

　글을 깨우치지 못한 필리핀 아주머니는 작대기 형태의 상형문자 같은 표시로 몇 십 명의 세탁물을 전혀 헷갈리지 않고 오차 없이 분류해둔다. 그런 총기가 나와 다케다의 관계도 빨래집게로 집어 두었었나보다. 내 손아귀에서 바닷물이 빠져나가듯 다케다의 모든 흔적은 사라지고 오직 카모테스의 야자수 그림 티셔츠 하나만 덜렁 남았다.

비바람이 몰아치는 바닷가에서 나와 다케다는 이인삼각 경기를 하고 있다. 다케다와 나의 다리 하나씩이 다케다의 티셔츠로 묶여 있다. 비에 젖은 머리카락이 눈앞을 가리고 모래 위를 아무리 걸으려 해도 나아가지 않고 제자리걸음이다. 뒤에서는 박수를 치며 빨리 달리라고 소리친다. 뒤돌아보니 어학원의 모든 사람이 다 모여 있다. 앞을 보니 총을 든 범인이 어서 오라고 건방진 손짓을 한다. 다케다가 어깨를 툭 치며 가자고 부추긴다. 계속 어깨를 친다. 릴리다. 나는 땀으로 흠뻑 젖어 있다. 릴리가 혀를 찬다. 릴리의 비웃음이 느껴진다.

릴리는 길게 늘어뜨렸던 생머리를 포니테일로 묶으니 발랄해 보였다. 만약 다케다가 내가 아닌 릴리와 사귀었다면 운명이 달라졌을까. 어학원 사무실을 둘러보고 상황을 전해주러 방에 들른 릴리는 다케다의 죽음을 그저 뉴스로만 인식하는 것 같다.

한때나마 자신을 흠모하던 남자였는데 그녀에게는 전혀 의미가 없는 것일까. 하기야 그녀는 아시아인을 통틀어 종횡무진 공사다망하지 않던가. 설령 다케다가 릴리와 사귀었다한들 다케다는 그저 릴리 옆으로 스쳐지나가는 바람에 불과했을 것이다. 다케다만 더욱 안쓰러울 뿐이다. 심지어 그의 부모는 왜 다케다만 덜렁 낳았단 말인가. 꼴에 일본어를 조금 안답시고 까불던 여학생 하나는 다케다는 한국어로 죽밭이잖아 그러니 자식농사를 죽 쒔지, 라며 이죽거렸다. 저 주둥이, 싸대기를 갈겨주고 싶었다.

캐리어를 끌고 로비를 거쳐 나올 때 리즈와 올리비아가 수영장 옆 벤치에 앉아 나를 보고 있었다. 망고스위트 나무 아래 있던 여럿의 학생이 나를 봤지만 그 누구도 선뜻 말을 꺼내지 않았다. 고개 숙인 내가 슬쩍 얼굴을 들었을 때 리즈의 매섭고 싸늘한 눈빛이 나를 쏘아보고 있었다. 그렇구나. 나는 다시 고개를 숙이고 S어학원의 철문을 나섰다.

계속 전화를 해대는 지석이를 한 번은 만나야 했다. 자주 가던 커피숍에서 지석이를 만나기로 했다. 국회의사당 옆이어서인지 간혹 금배지를 단 중후한 인물들이 눈에 띈다. 이번엔 기필코 정리를 하리라 마음을 다잡았다.

지석이의 어머니는 결코 나를 받아들이지 않을 것이다. 공연히 서로 진을 뺄 필요가 없는 게임이다. 하얀 도자기 잔에 든 진한 커피를 보약 마시듯 진지하게 마시고 있었다. 창가에서 눈을 돌려 출입구를 바라본 순간 낯익은 블라우스가 눈에 띄었다. 복숭아 색 시폰 블라우스의 목 부분 레이스가 화려한 흔치않은 디자인이었다.

릴리였다. 두리번거리는 그녀의 시선을 피해 나는 왼쪽 의자에 둔 핸드백을 뒤지는 척 몸을 돌렸다. 잠시 후 그녀는 나이든 금배지 앞에 앉아 뭔가 열심히 말하고 있었다. 지석이와의 약속 시간이 삼십 분이 지났다. 행여 문자라도 왔나 휴대폰을 들여다 보았다. 고개를 들었을 때 릴리가 앉았던 자리에는 반쯤 남은 오렌지주스만 남아 있었다.

출입구 쪽에 회색 007가방을 들고 나가는 릴리의 뒷모습이 보였다. 부르르 진동이 느껴졌다. 휴대폰을 확인했다. 지석이가 보낸 한 장의 사진이 있었다. 해변에 앉아 앞을 보고 있는 내게 다케다가 뒤에서 막, 병에 든 맥주를 들이부으려는 장면이었다. 가슴에서 쿵하는 소리가 들렸다. 이렇게 끝났구나. 지석이는 오지 않을 것이다.

휴대폰 액정에 엄지와 검지를 대고 다케다의 얼굴을 확대했다. 머리숱이 적어 나이는 들어보여도 표정만큼은 어린애 같다. 잇몸을 다 드러내고 활짝 웃는 모습에 장난기가 고스란히 배여 있다. 그가 죽고 모처럼 진한 그리움이 밀려온다. 왼손을 내 등에 두르고 오른손은 내 앞의 방해물을 막듯이 살짝 내밀며 걷던 다케다가 눈에 선하다.

바다를 향해 있다는 가족공원에서, 파도와 갈매기 소리만 들리는 그곳에서, 지루한 햇볕과 바람에 참으로 덧없이 놓여있을 그의 단지가 머릿속에 맴돈다. 아니 내 기억이 과연 맞는 것인지 내가 필리핀에 갔었고 다케다와 함께 시간을 보냈었던 것인지. 가끔 의심스러울 때가 있었다. 혹시 꿈을 꾼 건 아닐까 확신이 없을 때도 있었다. 어찌된 일인지 내게는 다케다와의 사진이 한 장도 없는 것이다. 리즈가 마침 그걸 알고 증거를 제시하듯 내게 물증을 보내주었다.

나하에 가보고 싶다. 어제와 똑같은 오늘을 사는 내가 언제 시간을 내서 카모테스와 같은 민트 빛이라는 나하의 바닷가에 가볼 수 있는 것일까.

오! 해피데이

지금, TV로만 보았던 대학병원에 처음으로 들어왔다. 그것도 응급실로 말이다. 그동안 다행이었는지 나는 병원과는 인연이 없었다. 어렴풋한 기억에는 예방접종을 맞을 때, 인근 보건소의 간호사가 보육원으로 출장을 왔던 것 같다. 그 당시 동료들과 나란히 서서 순서를 기다리며 얼마나 아플까를 걱정했었다. 그때 팔 속으로 들어오는 뜨끔한 아픔뒤에 눈물이 살짝 나왔으나 얼른 추스르고 멀쩡한 듯 시치미를 뗀 것 같다. 통증보다는 주위를 의식하는 게 우선이었나 보다.

그런 것들이 쌓여 관심과 사랑을 받는 것 따위는 기대하지 않게 되었다. 그때부터인지 아무도 위로해 주지 않는 아픔과 슬픔, 외로움이 모두 내 몫이라는 걸 깨달아가기 시작했다.

내가 산책도우미를 하고있는 닥스훈트, 오이와 가지가 나보다 행복하다는 생각이 든다. 가지에게 물린 피해자 노인이 중환자처럼 눈을 감고 링거를 맞고 있다. 엄밀히 말하면 물렸다기 보다는 긁혔다고 해야 할 것 같은데, 극성맞은 노인이 온갖 엄살을 다 떨며 우리를 앞세워 병원까지 오게 된 것이다. 가지가 말을 할 수 있다면 자기가 되레 억울하다고 할 것 같다. 그러게 언제 봤다고 그렇게 가까이 달라붙어 가지의 콧등에 자꾸 손을 들이 대냔 말이다. 한편으로는 저의가 의심스럽기도 하다.

내가 휴대폰으로 연락한지 얼마되지 않아 가지의 주인 윤 여사가 사색이 되어 뛰어왔다. 윤 여사를 본 노인은 갑자기 더 아픈 듯한 표정을 짓는다. 윤 여사는 상황을 파악하고 따지기 보다는 그저 노인의 비위를 맞추며 거듭 허리 굽혀 사죄하고 있다. 윤 여사는 한눈에 알아본 모양이다. 노인이 다쳐서 아픈 게 아니라 누군가의 관심과 위로가 필요하다는 걸 말이다. 그걸 보니 윤 여사는 고수인가 보다. 일반적인 아주머니들이 무조건 소리 높여 따지는 거에 비해서 말이다.

정작 가지는 내 옆에서 담담하게 주변을 둘러보고 있다. 검정색에 가까운 가지는 차분하고 신중한데 비해 연한 갈색인 오이는 다소 겁이 많고 산만하다. 지금도 오이는 이상한 분위기에 잔뜩 주눅이 들어 있다.

개들은 응급실에 들어갈 수 없다고 제지를 당하자 노인은 내가 개를 데리고 도주하면 치료비는 누가 내냐며 간호사를 윽박질렀다. 응급실 한쪽 귀퉁이에서 가지와 오이는 나와 함께 숨도 작게 쉬며 조용히 윤 여사만 기다렸다.

윤 여사는 준비해온 두툼한 봉투를 노인에게 건네고 흰 종이를 펼쳐 노인의 사인을 받는다. 저렇게 확실한 근거를 남겨야 함을 또 배운다.

윤 여사는 내게도 사인을 받았다. 개 두 마리의 산책에 있어서의 시간은 물론 세부적인 항목을 적고 나의 사인을 받았었다. 오늘 일로 그에 따른 문책을 나는 피해갈 수 없다. 지금 노인에게 건네지는 저 봉투 속의 얼마간은 내가 책임져야 할지도 모른다.

윤 여사는 생각보다 통이 컸다. 노인과의 일에 대해서는 십 분 정도 내 설명을 듣고 몇 마디가 오간 다음 다시 예전의 스케줄로 곧바로 돌아갔다. 가지와 오이는 하루 이틀 지나자 다시 발랄함을 되찾았다. 일자리를 잃게 될까 염려했던 나는 좀 더 여유를 가져야겠다고 생각했다. 그래서 자라온 환경이 중요한 것 같다. 나는 언제나 작은 일에도 가슴을 졸이는 것이다.

갈수록 내가 중요하게 생각하는 건 시간과 계획이다. 중학교 때부터 나는 이미 나의 처지를 충분히 깨달았다. 남다른 전략을 세워야했다. 우선 중요한 건 책을 많이 읽는 일이었다. 처음엔 문학류를 읽다가 차츰 사회와 경제를, 역사를 읽었다. 고등학교를 졸업하면 바로 나가야하는 보육원의 제도에 맞추어 자립을 준비하기에는 가진 것이 아무것도 없었다. 어차피 대학을 갈 수 없을 바에는 먹고 살 뭔가가 필요했다.

수년간 책을 읽으며 내가 깨달은 것은 내가 개를 엄청 좋아한다는 것이다. 비록 책이나 거리에서만 볼 뿐 마음 놓고 만져볼 기회조차 없었지만 말이다. 내가 웬만큼 잘 살아서 개를 키운다는 건 뭔가 현실감이 없었다. 차라리 개와 관련된 일이 직업이면 일거양득이라는 생각이 들었다.

보육원에 있는 거의 모든 책을 읽었으나 딱히 내 직업으로의 통로는 보이지 않았다. 궁리 끝에 웅큼한 너구리같은 복지원장에게 부탁을 했다. 애견교육에 관한 전문서적을 구해 달라는 것이었다. 그때가 고2였다. 너구리는 대뜸 뭔 개 같은 소리냐고 했다. 역시 나는 모든 일을 바닥부터 시작해야 할 운명이었나 보다.

대 여섯 종의 비행기를 전시해 놓은 공원 벤치에 앉아 줄곧 기다렸다. 사람들이 빠져나가 좀 한산해지자 재빨리 공공 화장실로 들어갔다. 아무도 없음을 확인하고 양치와 세수를 간단히 끝내 버렸다. 공원의 가로등이 꺼지기 직전 작은 숲에 면해 있는 생태관리실 자물쇠를 미리 준비해 둔 옷핀으로 단번에 따고 들어갔다. 입구에서 잘 보이지 않는 귀퉁이에서 검은 비닐에 꿍쳐 놓았던 침낭을 꺼내 바짝 마른 다리부터 밀어 넣었다. 이제 두

달만 버티면 된다. 오백만 원만 만들면 오만 원짜리 월세방이라도 들어갈 수 있다.

　요즘은 너나없이 누구라도 세상살이가 만만치 않다. 어쩌면 나 같이 부모 없는 고아가 더 홀가분할 수도 있다는 걸 최근에 깨닫게 되었다. 같은 애견미용학원에 다니는 계집애들은 물론이고 편의점에서 나와 교대하는 대학생조차 부모를 거추장스러워 했다. 여태껏 받은 거에 비해 챙겨줘야 할 게 더 많다는 이유로 '밑진다'라는 단어를 썼다. 가족의 구성원이 거래하는 장사치를 방불케 했다. 심지어 부자 아버지가 아닐 바에야 나 같은 고아가 부럽다고 대놓고 말하는 학원생도 있었다.

　아무래도 사회성이 부족한 나로서는 그 낯선 의식에 일일이 대꾸할 여력 따위는 없었다. 그저 코앞의 난간을 헤쳐 나가기에 급급했다. 적어도 그들에겐 머물 방이 있지 않은가 말이다. 내게는 저들의 투정이 사치로 보일 수밖에 없었다. 무엇이든 혼자였던 내 삶을 스스로 다독이며 위로하며 채근한다. 난 잘할 수 있다. 저들이 그토록 하찮게 여기는 반지하 단칸방이, 옥탑방이, 내겐 올해의 최대목표이다. 저들이 이 마음을 알 수 있겠는가.

　현관문을 열자 가지와 오이가 여느 때와 다름없이 달려와 반긴다. 허나 미묘한 흐름이 있다. 낯설다고 해야 할까. 누군가의 손을 탄 듯한 이 느낌이 뭔지 모르겠다. 마치 전 남편이 바람피기 시작할 즈음의 미세한 떨림이랄까. 냉큼 손부터 씻고 두 녀석을 무릎에 올린다. 한 놈씩 머리를 붙잡고 눈을 들여다본다.

산책도우미는 가지가 차분하고 신중하다고 하지만 나한테는 천방지축으로 보인다. 나의 눈을 바라보는 가지녀석이 발랄하게 왜 그러세요, 한다. 이어 다소 산만하긴 해도 얌전하고 새침해서 종잡을 수 없는 오이의 눈을 마주본다. 오이는 살짝 눈을 비킨다. 미안해요, 한다. 뭔가 알 수 없지만 오이의 표정이 있잖아요,라며 말을 거는 느낌이다. 나머지는 나의 숙제이다.

기본적인 끼니 이외의 군것질은 사람이나 개나 긴장을 풀게 한다. 육포의 포장비닐을 찢는 소리는 이 집안 세 생명체를 하나로 묶기에 충분하다. 전 남편도 마찬가지였다. 그때는 넷이 뭉쳤었다. 그 생각을 하자 금세 기분이 가라앉는다. 요즘 와서 부쩍 감정의 굴곡이 심해졌다. 내 발밑에서 오가는 두 녀석도 은근히 내 눈치를 보고 있다.

냉장고 문을 열었을 때 느낌이 왔다. 전 남편이 다녀간 것이다. 상표 강박증이 있는 그는 모든 제품의 상표가 정중앙에 와야 한다. 내 집에 슬쩍 들어와서도 저도 모르는 사이에 본능이 여지없이 드러난 모양이다.

전 남편은 나와 관계없이 가지와 오이가 보고 싶었나 보다. 결국 나는 개만도 못한 전처인 것이다. 이 녀석들 때문에 나 몰래 슬쩍 다녀갈 정도면 지금 사귀는 년도 오래가지는 못할 것이다. 벌써 두 번째이다. 처음엔 열 살 어린년이더니 이젠 오년 연상이란다. 그 종잡을 수 없는 취향이 참 별나다. 분명한 건 그 별종을 다시는 보고 싶지 않다는 것이다. 당장 현관 비밀번호를 바꿔야겠다.

예전에는 아이를 낳지 못하는 내가 죄인인 것 같았다. 전 남편의 여성편력도 웬만하면 모르는 척 했다. 그 생각이 바뀐 건 가지와 오이를 입양하고 난 다음부터이다. 남들처럼 일부러 손을 쓴 게 아닌데 오이는 새끼를 낳지 못한다고 했다. 새끼 없이도 저 둘은 알콩달콩 보기 좋게 살고 있다.

전 남편에게 자녀 없는 삶이 힘들면 떠나라고 했다. 마치 그 말을 기다렸다는 듯이 발랄하게 떠난 전 남편은 몇 년간 여러 여자를 거치면서도 결국 자식을 얻지 못했다. 그저 내 탓이라고 생각했지만 전 남편의 팔자인지도 모른다.

내가 운영하는 커피숍 〈오! 해피데이〉는 시내 도심의 공원을 끼고 비즈니스 타운 안에 자리 잡고 있다. 주중에는 회사원, 주말에는 공원이용객이 주로 찾고 있다. 이곳은 내 생활이 불편하지 않게 유지될 정도로 적당히 북적이고 있다. 불과 한두 해 전만 해도 자고나면 거뜬하던 몸이 이제는 눈에 띄게 힘에 부쳤다.

하루 종일 답답한 집에서 나를 기다리는 오이와 가지가 눈에 밟혔다. 두 녀석의 지루함과 건강을 위해 산책 도우미를 이용하기 시작했다. 확실히 효과가 있었다. 녀석들의 동작이 빨라지고 눈동자가 반짝였다. 저 녀석들과 많은 시간을 보내려면 아예 애견카페를 하면 어떨까 싶기도 하다.

시간 잘 지키고 쓸데없는 말없이 제 할 일 잘하는 도우미가 나는 마음에 들었다. 보아하니 있는 집 자식 같지는 않고 제 인생 제가 사는 스타일 같았다. 서울에 딱히 정 붙인 것이 없는데다 전 남편의 느닷없는 출현이 잦아지다 보면 나의 독한 마음이 어느새 풀어질지 장담할 수 없다. 차라리 먼 지방의 땅값 싼 곳에 넓은 터를 잡고 애견카페겸 애견펜션을 하는 건 어떨지 마음이 뒤숭숭하다. 나이 든 여자 혼자서는 감당할 수 없는 부분을 산책 도우미가 도와주면 어찌될 것도 같은데 말이다.

나의 새로운 계획에 참여시켜볼까 생각하고 난 다음부터 애견도우미를 유심히 살펴보게 된다. 말이 많지 않은 게 제일 마음에 든다. 전 남편의 쉴 새 없이 떠드는 소리에 어지간히 지쳤던 모양이다. 게다가 오이와 가지를 살갑게 대해준다. 잔정이 많아 보인다.

커피숍에서 아르바이트생을 써보니 요즘 젊은 사람들이 너무 계산적이다. 조금의 손해를 허용하지 않는다. 의례 그러려니 하고 살다 보니 오히려 그렇지 않은 사람을 보면 뒤돌아보게 된다. 우리 집 애견도우미가 그런 사람인 것 같다.

환절기의 심한 감기 탓에 내가 맥을 못 추자 산책 도우미가 개들을 맡아 준 적이 있었다. 사흘이 지나 우리 집에 개들을 돌려주고 돌아가는 도우미를 향해 가지와 오이가 애절하게 짖어댔다. 평소에는 없던 일이었다. 시끄럽고 난감한 상황에 도우미는 당황하지 않고 다가와 개들의 귀에 대고 소곤소곤 얘기를 하고 나니 금세 조용해진 적이 있다. 차분하고 믿음직스런 사람 같다. 내가 중요하게 생각하는 목소리가 일단 안정감이 있다. 내가 개를 키우면서 느끼는 건, 개는 사람보다 예민하고 때로는 좋은 사람과 그렇지 않은 사람을 구별해 내는 본능이 있는 것 같다.

사람을 지켜보면 일과 상관없는 것까지 들여다보게 된다. 아니 어쩌면 그런 게 더 중요한 건 아닐까. 사람을 구성하는 모든 시간과 공간과 추억과 사건들이 쌓여서, 물건으로 치자면 품질 좋은 제품을 만드는 것처럼 말이다. 그럼에도 뼈대 있는 가문을 입에 올리는 건 같은 트라우마를 겪어도 그것이 좋은 비료로 삭혀져 양질의 인간이 되거나 삭히는 과정에서 아예 썩어 버려 몹쓸 인간이 되기도 하기 때문이 아닐까 싶다. 내가 한낱 아르바이트생 하나를 중시 여기는 건 이미 중년을 넘어선 나이이기 때문이다. 이 시점에 새로운 사업을 시작하려다 보니 비록 한 번이라도 실패해서는 재기할 여력이 없지 않은가.

닥스훈트의 짧은 다리 때문에 배가 땅에 닿을 듯한 위태로움이 때로는 보는 것만으로도 웃음이 나온다. 두 녀석이 장난을 칠 때면 허리디스크가 생길까 염려된다. 두더지사냥에 쓰였다는 녀석들의 뾰족하고 긴 주둥이는 볼 때마다 엄지와 검지를 말아 꼭 쥐고 싶어진다. 그러고 보니 우리 집 산책 도우미의 외모도 닥스훈트와 비슷하게 생겼다. 일단 몸집이 작고 얼굴이 길고 턱이 뾰족하며 다리에 비해 허리가 길다. 아니 허리가 길고 다리가 짧은 것인가. 아마 유년시절에 질 좋은 영양 섭취가 안 된 건지 모른다.

드디어 방을 얻었다. 편의점 아르바이트와 애견미용학원에서 개들을 목욕시키며 벌었던 종잣돈이 나만의 방을 선물로 주었다. 편의점에서 상했던 자존심과 대형견에게 손가락을 물리던 순간의 공포심이 다 용서가 되었다.

일단은 반지하 단칸방이다. 다음은 옥탑으로 올라갈 것이다. 옥탑으로 올라가면 보육원의 후배 여럿을 불러들일 수 있다. 너구리같은 원장의 손아귀에서 벗어난 원생들은 하나같이 서로의 연락처를 알 수가 없다. 하기야 연락을 주고받고 싶은 상대가 없었을 것이다. 그놈의 너구리가 조장한 일이다.

너구리는 우리가 친해지지 못하게 했다. 그저 일상생활이 가능한 정도의 얘기만 허용했다. 깊이 있는 대화는 감시체제를 통해 방해했다. 마치 북한의 어느 한곳 같았다. 가끔씩 A4용지를 12조각으로 잘라서 나눠주며 누구랑 친한지 적어내라고 했다. 거기에 이름이 적혔다가는 앞으로 불려나가야 했다. 이름을 쓴 사람과 적힌 사람은 마주보고 서서 서로의 따귀를 열 대씩 때려야만 하는 게 기본이었다. 호모새끼가 되는 걸 방지한다는 명분이었다. 바보가 아닌 이상 종이에 이름을 쓰는 아이는 더 이상 없었다.

원장은 절대 제 손으로 때리지 않는다. 우리의 손을 이용했다. 우리의 발을 사용했다. 원장의 손은 머리를 쓰다듬고 어깨를 두드려 다독거리는 시각적인 용도였다. 고3이 되어 의례적으로 때리는 담당이 되면 일 년간 온갖 정을 다 떼고 사라지는 것이다. 때린 이는 미안하고 괴로워서, 맞은 이는 원통하고 분해서 다시는 볼일이 없었다.

이 시스템을 깨야겠다. 함께 자란 우리는 원수가 아니다. 아니 한 가족보다 더 진한 가족애를 나눌 수 있는 관계이다. 제도 위의 제도랄까 나는 그 동그라미를 만들어 그 안에 새로운 우리의 미래를 포함시키고 싶다. 조금씩, 하나씩 위와 아래를 엮어 한 팀으로 묶어나갈 계획이다. 내 위의 형, 내 아래의 아우가 복지원을 나가는 순간 흩어지지 않고 끊어지지 않는 연락처가 필요했다.

나보다 먼저 나간 형 K에게 일 년 후 크리스마스 정오에 서울역 시계탑 앞에서 만나자고 했다. 내 후배 R에게도 같은 얘기를 해주었다. 우리는 해마다 그날에 거기에서 만나기로 했다. R의 믿을 만한 후배에게도 반드시 그 말을 전하라고 했다

스펀지 요를 깔고 이불을 덮었다. 내일은 마주 보이는 벽에 그림을 걸어야겠다. 12월에 K를 만나 근황을 묻고 여의치 않으면 이 방으로 불러들일 예정이다. 그 전에 내가 준비할 일은 K가 편히 지낼 수 있는 환경을 만드는 것이다. 또한 K와 더불어 내년에 올 R을 위한 대비를 하는 것이다.

윤 여사의 제안을 받고 보니 생각하지 못했던 미래의 꿈이 열리는 것 같다. 그것은 비단 나 혼자만의 일이 아니었다. 윤 여사는 물론이고 나와 나의 복지원생들의 앞날이 연결되기도 한다.

나와 같은 복지원생들은 아무래도 사회성이 떨어지는 편이었다. 사회에 나가 경쟁을 하기에는 기본이 많이 달렸다. 윤 여사의 계획대로라면 우리 복지원생들이 넓은 공간에서 개들의 온갖 일상을 돌볼 수 있다. 개중에 성격이 밝은 녀석은 애견을 데리고 온 고객을 상대하고 나머지는 풀장관리, 잔디관리 등 주변을 치우고 정리하는 일만 해도 넉넉한 일자리가 나올 수 있는 것이다.

전 남편과 공식적으로 이혼했다던 윤 여사는 막상 전 남편이 사업실패로 허덕이자 자신의 모든 것을 던져 회생시키고자 애썼다. 그럼에도 애쓴 보람 없이 커피숍이며 윤 여사가 살던 아파트까지 남의 손에 넘어갔다. 사람을 쉽게 믿지 않고 의심이 많은 윤 여사가 유독 전 남편의 일만큼은 어쩔 수 없는 모양이다.

그 일로 나의 계획은 변경되었다. 어쩐지 술술 풀리는 게 이상했다. 역시 내 앞길은 너무 잘 풀리지 말고 그저 주변을 둘러볼 정도의 적당한 속도여야 한다. 내가 일한 만큼씩만 나아지는 게 속편한 일이다. 누구의 도움도 바라지 않고 딱 내가 일한 만큼만 댓가를 받으면 그것으로 만족할 것이다. 더 이상은 내 팔자에 욕심인 것 같다.

내가 살아오면서 느낀 건 함부로 남의 인생에 끼어들었다가는 함께 쪽박을 찬다는 것이다. 그건 복지원 생활에서 누누이, 생생히 느낀 바이다. 호의로 도와준 다음 좋은 소리 못 듣고 오히려 멀리 내쳐지는 기분을 많이 느꼈었다. 그럼에도 힘든 이를 모르는 척 하기에는 내가 힘들었다. 일단 도울 수 있는 만큼은 돕고 싶다. 물론 내 생활이 유지되는 한도에서이다.

없는 이에게, 추운 겨울은 빠르게 다가온다. 동남아의 열악한 나라들이 부러운 건 딱 한 가지, 계절이다. 사시사철 옷이나 난방 염려 없고 원한다면 3모작, 4모작이 가능한 곳이 아닌가. 저 하나 부지런하면 먹고 사는 게 어렵지 않을 것 같다. 하기야 부지런한 베트남사람 빼고는 게을러서 놀고 앉았다지만 말이다.

보육원에서는 여름보다 겨울나기가 더 힘들었다. 아무래도 보육원 주변이 숲이다 보니 더울 때는 나무 그늘에만 있으면 참을만 했었다. 문제는 난방이 잘 안되는 겨울, 산바람을 견디는 어려움이었다.

이제 여름을 맞아 나의 인내심의 한계를 시험받는 것 같다. 한

여름 아열대를 넘기며 이렇게 자다가 죽는 건 아닐까 싶기도 했다. 날씨는 둘째 치고 바퀴벌레의 공포가 갈수록 끔찍하게 다가왔다. 그것들이 한 번씩 스쳐갔다는 생각만으로도 온몸에 소름이 돋아 올랐다. 보이지 않는 더러움이 확장되어 내 몸을 위축시킨다. 비라도 오는 날, 축축함과 눅눅함에 약간의 어두움이 보태지면 집안에 있는 것이 고역이었다. 차라리 추운 게 낫겠다 싶어 겨울이 오기를 간절히 바라게 되었다.

막상 겨울이 시작되자 추위 또한 만만치 않았다. 난방비를 절약하고자 궁상과의 싸움이 시작되었다. 온수를 데워 두 세 개의 생수통에 채우고 수건으로 감싸 이불 속에 넣어두고 날이 새기를 기다리는 밤은 왜 그리 긴지 몰랐다.

K를 만나는 크리스마스는 쉽게 오지 않았다. 가장 큰 걱정은 정작 K가 그날의 약속을 잊지나 않을까 였다. 전날부터 내가 떨고 있었다. 이럴 땐 종교라도 있었다면 심리적인 도움을 받을 것 같았다. 복지원에서의 종교생활은 종잡을 수 없었다.

석가모니 탄생일이면 근처 절에서 나와 팥떡을 나눠주며 옷가지와 학용품을 주었고 크리스마스엔 교회에서 목사님과 산타복장을 한 젊은 형이 찾아왔다. 젊은 얼굴에, 흔들리는 가짜 수염은 어울리지 않았다. 그들이 나눠 준 빨간 주머니에 들어있는 초콜릿과 사탕에 우리는 대충 즐거운 척 했다. 그런 날이면 너구리 원장은 사람 좋은 미소를 짓다가 단체 사진을 찍고 방문객이 떠나면 이내 지친 모습으로 원장실로 사라졌다.

우리는 솔직히 떡이나 초콜릿이 좋았던 게 아니었다. 그런 날 그저 너구리원장의 짜증스런 들볶임에서 벗어나서 좋을 뿐이었다. 해가 바뀔수록 달콤한 음식의 낯간지러움은 정을 떼 가기 시작했다. 나는 지금도 단 음식이 당기지 않는다. 단 음식은 반드시 우리에게 뭔가를 원할 때 그 댓가로 함께 다가왔었다. 달콤한 향과 색과 모양으로 유혹하는 먹을거리가 공짜로 주어지지 않는다는 걸 안 순간 마음 깊은 곳에서 미리 시각에, 후각에 통보를 했다. 보지 마. 눈을 감아. 냄새 맡지 마. 그건 그저 가짜야. 너구리원장은 나를 애늙은이라고 했다.

크리스마스 날, 휴일 오전은 대중교통이 널널했다. 가다 보니 거의 한 시간이나 일찍 나가게 되었다. 나는 시계탑 주변을 서성거렸다. 아침에 삶은 계란 두 개만 먹은지라 배가 고팠다. K와의 만남에 기대를 걸고 함께 먹을 점심까지 기다려졌다.

누군가와 함께 먹을 끼니가 얼마 만인지 모르겠다. 그러고 보니 K는 자장면을 좋아했었다. 이름은 알 수 없는 어떤 국회위원이 느닷없이 찾아와 자장면을 돌리던 기억, 그 후 어떤 아파트 부녀회에서도 두어 번 자장면을 먹게 해주었다. 사실 그 외의 다른 음식을 먹어 본 기억이 별로 없으니 무언가를 좋아할 기회가 없었던 건지 모른다.

나중에야 우리가 알고는 있지만 볼 수는 없었던 많은 음식이 있음을 알았을 때 알 수 없는 허탈감과 박탈감에 휘청이며 하나씩 먹어보는 게 연중 계획표에 자리 잡게 되었고 그걸 누가 볼까 걱정이 되기도 했다.

오고가는 사람들 중에 중국어 소리가 유난히 크게 들린다. 여행객이라고 할 수 없는 그냥 일반 행인인 중국 사람이 눈에 띄게 많아졌다. 앞으로는 내가 이런 중국인과도 경쟁을 해야 할 것 같아 마음이 착잡해진다.

윤 여사에게 월급을 받다가 이제는 오이와 가지를 어거지로 떠맡은 입장이 되어 버렸다. 물론 윤 여사 말로는 상황이 해결되는 대로 찾아간다고 했다. 똑똑한 요 녀석들은 모든 걸 아는 눈치다. 지금은 내 집에 와서 예전에 잠시 맡았을 때처럼 들썩이지 않았다. 그저 깔아 준 방석 위에 잠자코 앉아 내 눈치를 살피고 있었다.

보육원에서 지내던 내 모습이 생각났다. 구석진 한 곳을 정해 놓고 꼼짝 않던 그때가 말이다. 놀라운 감지력이다. 나는 평소보다 더 녀석들에게 친절했다. 내가 눈치를 보고 있었다. 가지는 벽 쪽을 바라보고 누워 있는 오이를 위로하는 듯 했다. 확실히 여자처럼 개도 암컷은 예민한가 보다.

없어진 일자리 하나를 더 구해야 했다. 윤 여사의 커피숍은 어느새 케이크전문점이 되어 있었다. 새 주인이 상호가 마음에 들었는지 간판 〈오! 해피데이〉는 그대로 붙어 있다. 마음속으로 '오! 해피데이'를 중얼거려 본다. 지금은 비록 그다지 행복하지 않지만 점점 나아질 것이다. 반드시 '오! 해피데이'를 현실에서 이룰 것이라 다짐한다.

오이와 가지는 〈오! 해피데이〉를 지날 때마다 내 얼굴을 한번 쳐다보고 그 앞으로 달려간다. 가지는 열려 있는 출입구에서 서성일 뿐 선뜻 그 안으로 들어가지 못한다. 오이도 목줄이 늘어질 때까지 달려가서는 다시 내 얼굴을 쳐다본다. 문득 가슴이 뭉클하다. 저 녀석들 못지않게 윤 여사도 오이와 가지가 보고 싶을 것이다.

윤 여사의 노하우를 도입했다. 밤새 더치커피를 내려 공원입구에서 커피판매를 시작했다. 동그란 테이블과 한 개의 파라솔 셋트 아래 내 몸을 구겨 넣었다. 바로 옆에 작은 펜스를 치고 가지와 오이를 놔두니 견주들이 호기심으로 다가왔다가 개들끼리 놀게 하며 커피를 마셨다.

어느 날 윤 여사가 찾아왔다. 오랜만이라 반갑기도 하고 그동안의 생활이 궁금했다. 어두운 윤 여사의 표정으로 잘 풀리지 않음을 알 수 있었다. 윤 여사는 대뜸 화를 냈다. 가지와 오이가 서커스에 고용된 동물 같다는 것이다. 뜻밖의 해석에 난감해졌다. 나의 의도는 전혀 그런 게 아니었다는 점을 거듭 강조하며 사과했다.

차가운 더치커피 한 잔을 마신 윤 여사는 겨우 진정을 하더니 커피 맛이 좋다고 했다. 윤 여사는 조증과 울증의 극치였다. 차분해진 윤 여사는 주변을 찬찬히 살펴보더니 몇 가지 조언을 한답시고 와플기계를 놓고 커피와 와플을 같이 파는 건 어떠냐, 과일주스도 괜찮지 않겠냐며 기분이 조증으로 순식간에 올라갔다.

삼십 분쯤 지나자 평정을 되찾더니 다음에 올 때 까지 가지와 오이를 잘 부탁한다며 가방에서 조그만 참치 캔 두 개를 꺼내놓고 총총히 사라졌다. 오이와 가지는 뒤도 돌아보지 않고 사라지는 윤 여사의 뒷모습을 하염없이 바라보았다. 왠지 윤 여사가 다시는 오지 않을 것만 같았다.

돌아보면 안돼. 돌아보지 말자. 앞만 보자. 1부터 100까지만 세자. 가득찬 눈물이 양쪽 눈에서 동시에 흐른다. 오이와 가지는 지금도 나를 보고 있을 것이다. 지금 돌아보면 혼자 떠나지 못할 것 같다. 산책 도우미는 모든 걸 아는 것 같다. 내가 다시는 돌아오지 못한다는 것을.

전 남편에게, 아니 그의 연상녀에게 사기당한 이 배신감은 죽어도 눈을 감지 못할 것이다. 어디서부터 다시 시작해야 할지, 사람을 이렇게 밀어붙이면 죽으라는 소리 아닌가. 그나마 마지막

용기를 내서 가지와 오이를 보러 온 건 다행이다.

산책도우미를 보고 한가지 아이디어가 떠올랐다. 죽으라는 법은 없다. 아무것도 비빌 언덕이 없어 보이던 산책도우미도 저렇게 의연하게 제 살길을 찾아가지 않던가. 얼굴에 가면을 썼다고 생각하면 못할 일이 없지 않을까.

이 나이에, 내가, 라는 허울을 가리고 다시 시작하는거다. 오이와 가지를 찾아와야 되지 않겠나 말이다. 자식이라면 저렇게 남의 손에 맡길 수는 없는 일이다. 양 손을 꽉 쥐어본다. 손가락에서 번쩍이는 반지가 보인다.

K와 처음 약속을 할 때 시계탑 앞이면 그저 간단한 일일 줄 알았다. 휴일의 정오는 어떤 시간일까. 직장인들은 늘어지게 자고나서 늦은 아침을 먹을지 모른다. 다만 연중무휴로 쉬는 사람들은 어떨까. 그들은 평일이나 휴일이나 별 의미없는 날의 연속일뿐이다.

세상 물정 모르는 내가 날을 잘못 잡은 것인지 오늘은 혼잡, 그 자체였다. 정오를 기점으로 점심 한끼를 무료로 제공하는 직사각형의 노란색 천막을 중심으로 노숙자들이 촘촘이 늘어선 줄이 갈지 자로 휘돌아 있다. 그뿐이 아니었다. 그 반대쪽에는 의료봉사 단체의 초록색 천막 또한 만만치 않은 줄을 품고 있었다. 그 줄에는 유난히 동남아계로 보이는 외국인이 많다.

성탄절이다 보니 교회 또한 한 몫을 한다. 산타복장을 한 이십여 명의 합창단이 질세라 목청껏 찬송가와 캐롤을 끊임없이 불러댄다. 그 주변은 캐리어를 끌고 지나가는 외국인들이 흘깃 돌아볼 뿐 정작 행인의 시선을 끌지 못한다. 의례적인 행사겠거니로 일축하는 것일까. 아니면 모든 일에 사람들이 무감각해졌기 때문은 아닐까.

나, 나는 정신을 차려야 했다. 여기 목적이 있어서 온 것이 아닌가. 나같이 만남의 약속이 있어서 나온 이도 있겠지만 대부분의 사람들은 각자의 목적지를 향해 열차를 타기 위한 장소일 것이다. 간절한 기다림, 오늘 이 시간이 아니면 안되는 절대적인 약속은 과연 몇이나 있을까. 나는 늘 간절하게 절박함의 연속으로 살아왔다. 이게 아니면 안되고 지금 아니면 안되는 상황속에 겨우겨우 살아온 시간이었다. 과연 언제쯤이면 여유를 찾을 수 있을까.

오늘 아니면 내일이어도 되고 다음을 기다려도 되는 느긋한 삶을 과연 살아갈 수는 있는 것일까.

기다리고 기다리고 기다리다, 충분히 기다리다가 손과 발이 곱아 참을 수 없을 지경이 되어서야 시계탑에서 등을 돌렸다. 이제는 기적이 일어나지 않는 한 K를 만나기 힘들 것이다. 오늘 약속을 잊어버린 것인지 아니면 무슨 사고라도 생긴 것인지 영영 알 수 없게 되어버렸다.

K와 점심을 먹기 위해 주렸던 배가 지금은 아무 느낌이 없다. 길고 길었던 급식소의 노숙자 줄은 어느새 사라지고 노란색과 초록색의 천막은 흔적도 남지 않았다. 모든 물건이나 사람은 있다가 없어지면 왜 황량함을 느끼게 되는 걸까. 애초에 긴 줄이 없었다면 알아채지 못했을 썰렁함이 역 앞에 서있는 나를 더욱 외롭게 만들었다. 나는 다시 혼자라고 도장을 꽝 받은 기분이다. 숨을 깊이 들이쉬었다가 길게 뱉었다. 한 번 더 들이쉬고 뱉었다. 그리고 뒤돌아섰다. 내가 할 수 있는 건 여기까지다.

틀어진 계획은 다시 짜면 된다. 아직 일 년은 더 기다려 볼 생각이다. 아니 어쩜 해마다 이날 이곳에 와서 헤맬지 모른다. 설령 못 만난다 해도 새로운 새해를 맞이할 뿐 이 일이 내게 큰 비중을 차지하게 두지는 않을 것이다. 물흐르듯 살아가는 와중에 부딪쳐오는 나뭇가지나 쓰레기조각을 만나듯 그저 흘러보내면 될 일이다.

우리 집에 왜 왔니, 왜 왔니

날선 대패가 코앞에 놓였다. 박은 눈을 감았다. 그리고 스스로에게 말했다.

　'나는 사람이 아니다. 나는 이미 죽었고 저승에 왔고 지옥에 떨어졌다. 지금 지옥의 형벌을 받는 거다. 이미 죽었기에 또 죽을 수는 없다. 그저 아프다고 발버둥 치며 저들의 행위에 괴로운 표정으로 반응해주면 될 뿐이다.'

　한 명이 대패를 쥐고 양쪽에서 한 명씩 박의 팔을 부축했다. 박은 머릿속으로 예전의 기억을 더듬었다. 동지섣달이면 어머니가 가마솥에 팥죽을 쑤었다. 나무주걱으로 휘저어도 가끔은 죽이 옆으로 튀기 일쑤였다. 대팻날이 박의 발바닥에 닿았다. 양쪽에서 팔을 부축한 이들이 마주보며 고개를 끄덕였다. 대팻날이 뒤꿈치부터 발가락 쪽으로 한 번에 쓱 밀려 내려왔다. 박은 아무

반응이 없다. 계속 코를 벌름거리고 있을 뿐이다. 박은 팥죽 냄새를 맡고 있다. 박의 발바닥은 피범벅으로 형체를 알 수 없었다. 박은 땅속 깊이 파고든다. 더 깊숙이 상체를 들이밀며 바닥을 보고자한다. 지구는 둥글다고 했다. 바닥으로 기어들어 지옥의 유황불을 지나 지구반대편으로 나가는 거다. 그게 끝이 아니었다. 제 정신이 들었을 때 박은 낫으로 깎아놓은 갈대밭을 걷고 있었다. 정신을 차려선 안된다. 시각을 접고 청각을 넓힌다. 늪의 새소리가 들린다. 새소리가 잦아든다. 이래서는 안되는데, 생각이라는 걸 하면 안되는데, 아무 생각도 하지 않으려 애쓴다. 박의 동공이 제자리로 돌아온다. 그 순간 날카롭게 잘린 갈대 줄기가 박의 발바닥을 통해 허리를 스치고 가슴속을 지나 뇌에 통증을 전한다. 그제야 박은 온전히 이승을 버릴 수 있었다.

박이 수행원으로 불림을 받자 아내는 등에 업은 숙이를 앞으로 돌려 매고 박의 얼굴을 쳐다보았다. 이렇게 어린 아이를 두고 어찌 가냐는 것이었다. 박은 그저 웃을 뿐이었다. 잘 토라지는 아내를 달랠 방법은 숙이를 웃기는 일이다. 얼마 되지 않은 머리카락을 정수리로 끌어 모아 닭벼슬처럼 세워 놓은 머리모양은 보기만 해도 웃음이 절로 나왔다. 손바닥을 펴서 숙이의 머리에 꽃처럼 펼쳐진 여린 머리카락을 살포시 눌러본다. 숙이는 까르르 웃는다. 아내도 웃고 만다.

날마다 궐에서 마주하는 권은 박이 숙이를 어르는 모습을 보고 저잣거리의 반푼이 같다고 놀린다. 십 대의 철부지 적부터 혼인하기까지 권과는 늘 형제지간처럼 붙어 다녔다.

권은 아직 부부의 연이 닿지 않았다. 혼인한 두 형이 바깥채에 각각의 살림을 차렸음에 비해 권만은 유독 홀어머니의 안방을 마주보는 건넌방에 홀로 기거하고 있다. 어릴 적부터 유독 시문을 좋아하던 권은 지금도 시를 적어 박의 앞에서 읽는 것을 즐겼다. 그 시간만큼은 둘 다 어린아이로 돌아간 듯한 애틋함을 비밀처럼 나누었다.

왕제를 빼내는 건 어렵지 않았다. 저들의 감시는 확연한 차이를 보였다. 왕제는 그다지 경비에 비중을 두지 않고 어여쁜 여인네들을 늘 옆에 놔두고 음주가무를 유도하고 있었다. 하기야 왕제는 이곳에 온지 어느덧 다섯 해가 지나 있었다.

거기에 비해 왕자는 여기에 오고 나서 아직 해가 바뀌지 않아서인지 마음을 주지 않고 모든 것을 낯설게만 바라보았다. 그러다 보니 저들은 왕자가 늘 돌아갈 일만 생각한다고 보았을 것이다.

박은 왕자의 심정을 충분히 이해할 수 있었다. 이 섬을 향해 뱃길을 나선 지 반나절도 되지 않아 바닷길이 왕자의 속엣 것을 모조리 게워내게 했다. 습하고 무더운 기온을 감당할 수 없어 올라간 흔들리는 갑판에서 눈물, 콧물을 흘리는 모양새가 이미 왕자의 권위를 손상시켰기에 기분이 몹시 상해버린 터였다. 게다가 이곳에 도착해서 맨 처음 눈길을 끈 것은 피부에 온통 부스럼 투성이를 다 드러낸 뱃사람들이었다. 그들은 맨발에 훈도시 하나만 달랑 차고 있는 모습이 마치 원숭이 떼 같았다. 그들의 몸이 행여 스치기라도 할까 왕자를 뒤로 물러서게 했다. 더구나 그들의 몸에는 빈틈없이 붉고 푸르스름한 문신을 새기되 그 문양이 온통 지옥의 풍경을 연상시키는 것이었다.

처음 받은 밥상에는 멀건 된장에 조밥, 찐 생선과 날 생선살이 절인 무와 함께 올라와 있었다. 결국 손도 안댄 상을 물리고 박은 흰 쌀죽을 부탁해 왕자의 놀란 속을 달래게 했다. 후식으로는 입에 맞는 달콤한 과일 하나 없이 무와 같이 슴슴한 배가 고작이었다. 주변을 둘러보니 꽃마저도 달리 향긋한 향내하나 풍기지 않고 색깔조차 눈에 잘 띄지 않는 희끄무레하고 노리끼리한 밋밋한 들꽃류였다.

박과 권은 서서히 이곳에 적응해가고 있었지만 왕자는 달랐다. 먹고 마시고자 하는 모든 것을 문제 삼는 것이었다. 왕자는 매사에 불평불만이 얼굴에 드러났다. 그럴수록 박과 권은 손발이 바쁘게 움직였다. 행여 왕자의 심기를 건드리기 전에 손을 쓰기 위해 늘 몸과 마음이 쉴 새가 없었다. 그나마 끼니를 나르는 시중녀 중에 키가 작고 통통한 미야코라는 여자가 방에 들어올

때만은 왕자의 심기도 누그러드는 눈치였다. 박과 권은 그 시간
은 물러나 잠시 휴식을 취할 수 있었다.

권은 틈틈이 시를 썼다. B나라와는 공기만 빼고 다 다르다고
느껴지는 이곳에서 시상으로 써 넣을 수 있는 것은 그나마 계절
의 정취뿐이었다. 다른 건 몰라도 단풍잎의 찬란한 색깔만큼은
황홀하다고 인정하지 않을 수 없었다.

한편 박은 비상시를 대비해 주변의 지형을 확실하게 익혀야
했다. 산책하는 모양새로 무심한 듯 걸으며 달팽이 문양으로 한
단계씩 넓혀 나가며 좁은 길은 물론 가파른 산새를 파악해 나갔
다.

서서히 밤의 길이가 길어졌다. 긴 밤은 박과 권에게는 필요이
상의 인내심을 요구했다. 밤이 길다고 온전한 잠을 잘 수 있는
건 아니었다. 목조식 건물의 성긴 틈으로 바닷바람이 그대로 뼛
속으로 스며드는 긴 시간을 꿈을 꾼 건지 잠을 잔 건지 알 수 없
는 상태였다. 새벽에 일어나 새우등처럼 구부러진 등뼈를 펼 때
마다 어김없이 앓는 소리가 새어 나왔다.

힘든 겨울을 보내는데 생각지도 않던 매화가 피었다. 꽃을 보
자 박은 갑자기 정신이 번쩍 들었다. 곧이어 사쿠라가 호화롭게
피어났다. 한밤에도 불을 밝힌 듯이 훤하던 사쿠라가 순식간에
져버렸다. 뒤이어 기다렸다는 듯 지루하게 비가 쏟아졌다.

정원 한쪽에 주먹만 하게 뭉쳐있는 수국이 담담히 비를 맞고 있는 모습이 쓸쓸했다. 꽃향기를 풍기지 않는 수국이기에 더 애처로운 건지도 모른다. 비록 꽃의 의무를 다하려 애는 쓰지만 결코 향기만큼은 줄 수 없다고 항의하는 것만 같았다.

B나라를 떠나기 전에 왕은 박과 권을 불렀다. 주변을 물리고 둘에게 특별히 하명했다. 길어도 일 년이다. 더 이상 지체해서는 안된다. 반드시 왕제와 왕자를 모시고 내 앞에 서다오. 박과 권은 단전에 힘을 주었다. 목숨을 바쳐서라도 두 사람을 어전에 세우겠다고 다짐했다.

'벚꽃이 진지도 오래되었구나'라는 서신을 받았다. 박과 권의 두 눈에 힘이 들어갔다. 성내에는 마쯔리 준비로 고양이 손도 빌려야겠다는 말을 너도나도 중얼거릴 정도였다. 그들의 손을 바쁘게 하는 건 분홍색으로 물들인 창호지로 만든 사쿠라였다. 분홍색으로 물들인 네모반듯한 정사각형의 창호지를 일일이 손으로 접어 사쿠라의 입체감이 살아나게 접어야했다. 박은 저들의 바쁜 모습에 눈치가 보여 도와준답시고 종이꽃을 접으려 했으나 종이만 구길 뿐 좀처럼 사쿠라의 형태는 나오지 않았다. 그 모습을 보며 저들은 흐뭇해했다. 하루 이틀 배워서 되는 게 아닌 것이 저들을 기쁘게 하나보다. 그 후로는 눈치 보지 않아도 되었다. 그럴수록 박과 권의 계획은 세밀하게 진행되었다.

'불이야!'

마쯔리 사흘 전날 밤이었다. 목조로 된 건물과 산더미처럼 쌓여 있던 창호지 무더기는 기세 좋게 불을 품었다. 사흘 뒤면 마쯔리라는 생각이 저들의 불안을 더욱 부추겼다.

왕제는 이미 나루터에 도착했다는 전갈이 왔다. 문제는 왕자였다. 왕자가 오늘따라 유달리 졸린다고 일찍 침소에 들었기에 오히려 안심했었다. 정작 때를 맞아 박이 문 앞에서 기척을 내고 들어갔을 때 침상은 텅 비어 있었다. 뒤따라온 권의 얼굴이 일그러졌다. 저들이 불을 끄는 시간만이 유일하게 선을 넘을 수 있다. 그리고 왕자와는 이미 오늘의 시각이 통보되어 있지 않은가 말이다.

권이 짚이는 데가 있다했다. 박이 뒤따른다. 지체할 시간이 없다. 권은 뒤뜰 대나무가 스스스 소리를 내는 괴기스런 곳으로 가고 있다. 스무 걸음쯤 갔을까 앞쪽으로 등불이 보인다. 물소리도 들린다. 정자에 남녀가 앉아 있다. 고개 숙인 긴 머리의 시중녀 옆에 종이 등이 놓여 있고 왕자가 시중녀 쪽으로 연신고개를 조아리고 있다.

권이 울컥한다. 시간이 없지 않은가. 한낱 시중녀 하나 때문에 여럿의 목숨이 경각에 달려 있다. 박과 권의 댓잎을 밟는 거친 소리에 왕자가 돌아본다. 시중녀가 벌떡 일어나 어찌할 바를

모른다. 권이 달려가 무릎을 꿇는다. '마마'라는 그 말에 왕자는
무표정한 얼굴로 두말없이 따라나선다. 등을 돌리고 있던 시중
녀가 그제야 뒤를 돌아본다. 왕자는 돌아보지 않고 오히려 걸음
이 빨라진다. 언덕아래 뱃길이 놓여 있다. 왕제 일행이 초조하
게 기다리고 있다. 박과 권이 등을 흔들었다. 그제야 사공이 노
를 젓기 시작한다.

박의 뒤에서 소리가 났다. 불빛과 함께 웅성거림이 커졌다.
왕자가 겁에 질린다. 박은 권에게 귓속말을 한다. 권이 고개를
가로젓는다. 이번엔 박이 큰소리로 외친다. '어서가라고! 내 곧
뒤따라 갈 테니.' 권을 앞으로 떠밀고 박은 등을 돌려 불빛 쪽으
로 달려간다. 왕자는 다리를 떨고 있다. 권이 왕자를 언덕 아래
로 안내한다.

보름달이 주변을 환하게 비추고 있다.

붉은색과 분홍색의 꽃무늬가 어우러진 긴 치마를 나부끼며 수
십 명의 여인네가 병렬로 서서 마주오며 외친다.

우리 집에 왜 왔니, 왜 왔니.

혼자 서있는 박이 큰소리로 외친다.

미려왕잘 찾으러 왔단다, 왔단다.

여인네의 무리에서 대나무 숲에서 본 낯익은 시중녀가 한 발
앞으로 나온다. 시중녀가 두 눈을 무섭게 치켜뜨더니 주먹 쥔 오

른손을 내민다. 하얀 손에 푸른 실핏줄이 선명하게 도드라진다.

가위 바위 보!

이겼는지 졌는지 그저 앞이 뿌옇기만 하다. 비웃듯 커다랗게 웃어대는 여인네의 웃음소리가 난다. 박이 눈을 떴을 때, 아니 뜨고자 했을 때, 떠지지 않는 눈꺼풀을 만지고자 했을 때 그의 손은 뒤로 묶여 있었다. 실눈을 뜬 그의 코 밑에서 볏짚더미가 누린내를 풍기고 있었다. 엎어져 있던 박이 겨우 상체를 추슬러 주위를 돌아본다. 아무도 보이지 않았다. 가끔 D나라의 말소리가 멀리서 울리는 듯 들려왔다. 박은 안심했다. 일단 혼자 잡힌 것 같다.

박의 아내가 물동이를 이고 간다. 그녀의 맨발등 위로 뽀얀 먼지가 쌓여 간다. 뒤에서 수레의 거친 바퀴소리가 난다. 슬쩍 고개만 돌리자 물동이의 물이 살짝 넘쳐 그녀의 얼굴을 타고 맨발등 위로 툭 떨어진다. 물방울은 뽀얀 발등 위에 떨어져 지렁이 같은 그림을 그리고 엄지와 검지발가락 사이로 빠져 버린다. 흰소가 끄는 수레가 옆을 지나친다. 그녀는 물동이를 인 채 무심히 지나가는 수레에 앉은 이를 본다. 수레에 앉은 이는 머리에 대나무로 엮은 긴 삿갓을 쓰고 있다. 삿갓은 생전 처음 보는, 어른 팔길이의 두 배쯤 되어서 언뜻 긴 칼을 쓰고 있는 것 같다. 자세히보니 흰 소를 끄는 이는 D나라의 머리 모양에 조리를 신고 있다. 수레 위의 삿갓 쓴 이는 B나라의 찢어진 흰 장삼을 입고 붉게 물든 흰 버선에서 핏물이 흘러내린다. 무심코 핏자국을 따라 박의 아내가 걸음을 옮긴다. 박의 아내는 발을 재게 놀린다. 아니 뛰고 있다. 어느새 물동이는 간데없고 양팔을 휘젓고 있다. 아무리 달려도 수레를 따라잡을 수 없다. 흰 소의 울음이 길게 울린다.

'음매!'

박의 아내는 머리를 세게 도리질했다. 꿈이었다.

'음매!'

뒷집 외양간의 소 울음이 여기까지 들리는지 여태 몰랐었다. 머리를 가다듬고 옆에 있는 이부자리를 살핀다. 그동안 더웠던 날씨가 어느새 새벽에는 한기를 내뿜고 있다. 옆에 누워 있는 숙이는 이불을 똘똘만 채 자고 있다. 이제 서서히 겨울 이불을 준비해야 할 것이다.

미야코는 믿어지지 않았다. 왕자는 분명 미야코를 저버리지 않겠다고 했다. 그 말을 전혀 의심하지 않았다. 왕자가 말한 대로 B나라의 여인들처럼 웃을 때는 한 손으로 입을 살짝 가렸고 얼굴을 마주볼 때도 정면으로 눈빛을 맞추지 않고 살짝 비낀 시선을 내리깔았다. D나라 여인들의 살짝 높은 고음이 좋다고 해서 일부러 얇고 가는 고음을 연습하기도 했다. 그런데 어찌 이럴 수가 있단 말인가. 도저히 믿어지지 않았다.

떠나기 전 급히 대나무 숲으로 불러 미안하다는 말만 할 뿐이었다. 언제 다시 보자던가, 라는 약속은 아예 없이 그저 미안하다고 말한 뒤에 왕자의 호위무사가 나타나자 뒤도 돌아보지 않고 떠나버렸다.

뱃속의 아이얘기는 꺼낼 틈도 없었다. 미야코는 그저 온 몸에서 혼이 죄다 빠져 나간 듯 빈껍데기만 덜렁 남아 있는 것 같았다. 평소에 미려왕자는 도통 속내를 드러내지 않았다. 그것은 비단 말이 잘 통하지 않아서만이 아닌 성격인 것 같았다. 그럼에도 미야코는 그 침묵이 싫지 않았다.

미야코는 열세 살에 성에 들어와 시중녀로서의 기본을 습득했다. 겨우 성안에서, 연결된 건널 마루의 미로를 더듬지 않고 찾아 다니게 된 것은 열여덟 살이었다. 가난한 어민의 딸인 미야코의 입장에서는 이 성에 들어온 것도, 주방에서 일을 하게 된 것도 주변사람에 비하면 성공했다고 볼 수 있었다.

B나라의 왕자가 볼모로 온다는 말을 듣고도 성내의 시중녀들은 별다른 관심을 갖지 않았다. 그들은 그저 성주의 운신에만 혹은 안주인의 기호에만 관심을 집중했다. 많은 아랫것들 중에 뒤섞여 흔적 없이 늙어가다 성을 나갈 경우 대개는 사찰에 머물기 일쑤였다. 혼인은커녕 자녀도 없이 말이다. 성주의 자식을 낳던지 안주인의 가장 가까운 수족이 되지 않고서는 그저 쓸쓸히 늙어 죽어가는 수밖에 없음을 그들은 잘 알고 있었다.

미야코는 동료들이 성주나 안주인에 집중하는 동안 터무니없게도 B나라의 왕자에게 눈이 가 있었다. 물론 미야코가 생각지도 못한 일이었다. 미야코는 애초에 B나라가 어딘지도 모를뿐더러 왕자와의 의사소통에도 어려움이 있었기에 처음에는 그저 대수롭지 않게 음식을 나르기만 할 뿐이었다.

미야코의 일이 끼니때에 맞추어 작은 소반을 들여놓았다가 내가는 일이기에 굳이 얼굴을 마주보지 않은 지 보름 쯤 되었을 무렵이었다. 아침상을 들고 들어가자 B나라의 왕자가 이불을 뒤집어 쓴 채 돌아앉아 있는 것이었다. 미야코는 별 생각 없이 상을 내려놓고 나오려는데 느닷없이 B나라의 왕자가 호통을 쳤다. 미야코는 깜짝 놀라 그 자리에 멈춰 섰다. 무슨 소리인지 당최 알아들을 수가 없었다. 가까스로 살짝 뒤를 돌아본 미야코의 눈앞에 벌겋게 익은 살구 같은 얼굴이 있었다. 그러고 보니 어젯밤 생선회를 올렸는데 갈아놓은 와사비에는 손도 대지 않은 채 그대로 물려나온 것이 생각났다. 미야코는 잠시 기다리라는 몸짓을 하고 급히 와사비 줄기를 챙겨와 그 앞에서 재빨리 갈았다. 이번에는 급하게 삼킨 와사비로 인해 B나라의 왕자는 뒷목을 붙잡고 한참을 버둥거렸다. 미야코는 미지근한 생강차를 마시게 하고 손발을 주물러 주었다.

그 일로 인해 미야코는 B나라의 왕자가 무엇을 어떻게 먹는지를 살피게 되었고 방에 머무는 시간은 갈수록 길어졌다. 차츰 주방일 외에 미려왕자의 옷가지를 살피게 되면서 머리 다듬는 일까지 거들게 되었다.

미려왕자의 머릿결은 웬만한 여인보다도 부드러웠다. 늘 보았던 D나라 남자의 머리는 단순했다. 반면 미려왕자의 머리모양은 빗을 때마다 묶는 위치나 모양이 조금씩 달라지기 일쑤였다. 가끔 박과 권이 고개를 살짝 틀어버릴 때가 있었다. 그럴 때는 머리모양을 처음부터 다시 잡아야 했다. 저들은 굳이 큰 소리로 지시하지 않아도 침묵과 눈빛 속에 아랫사람을 편안하게 다스리는 기교가 있다는 걸 미야코는 알게 되었다.

볼만한 단풍은 이미 다 져버렸다. 아침저녁의 기온차가 갈수록 심해졌다. 소금기를 품은 차가운 바닷바람이 얼굴을 찢을 듯이 잡아 당겼다. 아침부터 성안에 가라앉은 소문이 안개처럼 퍼져나갔다. 누구든지 선뜻 입을 떼지 않았다. 그저 묵묵히 눈인사와 가벼운 목례만을 주고받았다. 한차례 피바람이 불어들 것에 대비해 눈을 한껏 내리뜨고 귀와 코도 생각 같아서는 틀어막을 태세였다.

이곳 성주는 평소에는 너그러운 자애를 베풀다가도 정작 일년에 한 번 죄인을 심판하는 사형대에서만큼은 더 할 나위 없는 악귀가 된다. 뱃사공들이 등판에 새기는 원색의 문신에서 눈알이 튀어나올 것 같은, 영락없는 지옥의 악귀의 모습이다. 이런 날이 있고 나면 성주의 아내와 자녀들은 한동안 그의 얼굴을 쳐다보지 못했다.

미야코는 이제껏 딱 두 번 그런 모습을 볼 수 있었다. 미리 얘기를 듣고 놀라지 않으리라 다짐했건만 아무 소용없었다. 미야코는 그 얼굴이 무서워 나흘 동안 아무것도 입에 대지 못했다. 오늘이 그날인 것이다. 노인과 아이 특히 임산부는 가까이 오지 못하도록 어른들이 서너 겹으로 진을 쳤다. 이번에는 숫돌에 물을 뿌려가며 칼을 갈고 있는 망나니도 없고 목을 매달 처형대도 보이지 않았다. 그저 둥그렇게 둘러싼 관중을 뚫고 멀리서도 잘 볼 수 있는 나뭇가지로 높이 쌓아 놓은 판판한 단이 있을 뿐이었다.

박의 소식을 듣고 권은 무작정 집으로 돌아왔다. 방으로 들어가 겨울 솜이불을 꺼내 놓고 얼굴을 파묻었다. 울다가 나중에는 온몸이 후들후들 떨리기 시작했다. 꺽꺽 목이 메었다. 저들의 모진 고문을 그가 어찌 감당했을지 가슴이 찢어질 듯 아팠다. 아버지가 돌아가셨을 때도 이렇게 울지는 않았었다. 권의 어머니는 차마 방문을 열지 못해 문 밖에서 서성거리기만 한다.

창호지가 희부옇게 밝아오도록 권의 눈물은 그치지 않았다. 왕이 원망스러웠다. 저들의 잔혹함에 아무런 대응도 하지 않는 왕의 소심함에 분노심이 일었다. 나약한 이 나라가 한스러웠다. 그저 침묵하는 대신들의 등짝을 갈겨주고 싶었다. 양손을 부여잡고 시선은 내리깔고 그저 마마! 만을 외치며 머리를 조아리는 저 말대가리 같은 무리들의 몸짓에 진저리가 쳐졌다.

　이 사실을 그의 아내에게 어찌 알린단 말인가. 그의 딸은 어쩌
란 말인가. 숙이의 머리카락을 쓰다듬던 박의 손길, 아비를 보고
웃던 숙이의 웃음소리는 이제 영영 들을 수 없게 되었다. 왕이
제아무리 금은보화를 내린들 그 모녀에겐 한낱 돌덩이에 불과할
뿐이었다. 박의 따뜻한 숨결과 호흡을 영원히 빼앗긴 대가로 받
을 수 있는 건 아무것도 없었다.

　박은 갈대밭을 걷고 있다. 여기가 어디쯤인지 도통 모르겠다.
분명 어젯밤은 뱃머리에 앉아 끓어오르듯 솟는 검은 파도를 밤
이 새도록 말없이 보고 또 보았다. 배가 간신히 항구에 도착하자
배에 탔던 모든 이들이 거의 죽기 직전의 늘어진 몸을 이끌고 제
몸보다 더 큰 보따리 하나씩을 끌어안고는 박의 혼을 뚫고 허겁
지겁 내리는 것이었다. 그 모습을 보자 작년 여름 미려왕자가 D
나라에 도착했을 때가 생각났다. 수행원 중에 유일하게 박과 권
만이 멀쩡했을 뿐 나머지 인원은 모두 머리와 배를 싸매 쥐고 기
다시피 배에서 내려야했다.

　박은 그때와 달리 돌아오는 지금은 한결 가벼워진 몸에, 거두
고 챙겨야 할 이가 아무도 없음에 마음이 쓸쓸해진다. 생각 같아
서는 발이 땅에 닿지 않으니 날아갈 것만 같은데도 정작 몸이 그
정도로 가벼운 것은 아니었다. 이승에 놓고 갈 근심걱정이 박의

발목을 틀어쥐고 있는 것만 같다.

이제 곧 집에 도착해 아내와 숙이만 보고 나면 박은 곧 깃털처럼 가벼이 날아가리라 확신한다. 박은 육신이 없거늘 지나가는 소달구지에 앉아 스쳐가는 논밭을 하염없이 바라본다. 풀 한 포기마다 그리움이 무겁게 내려앉는다. 이것이 이승에서 마지막으로 보는 풍경이라 생각하니 가슴이 먹먹하다. 오른손으로 가슴을 짚어보지만 손에 잡히는 건 아무것도 없다.

마을 어귀에 다다르자 밤나무 아래에 동네 터줏대감이었던 최 노인이 몇몇 노인들과 모여 앉아 있다. 박은 그 앞을 지나쳤다. 뒤이어 호통소리가 들린다.

"고연놈, 어른을 보면 인살 해야지!"

박은 놀라 멈추었다.

"제가 보이십니까?"

최 노인이 손가락으로 박을 가리킨다.

"그럼, 네놈이 안보일줄 알았느냐?"

박은 머리 숙여 사죄를 했다.

"죄송합니다. 어르신, 다들 앉아 계시기에 미처 구분을 못했습니다."

최 노인은 노인들과 두어 마디를 나누더니 곧바로 박의 앞에 선다.

"자네, 집에 가는 겐가?"

"네, 한 번은 봐야 되겠습니다."

최 노인은 난처한 표정이다. 박은 서둘렀다. 잠시 후 뒤를 돌아보자 밤나무 아래에는 아무도 없었다.

오늘따라 유달리 뒤척이는 숙이의 몸짓에 박의 아내는 잠을 설치고 있다. 가운데 마루를 사이에 두고 건넌방에는 권이 자고 있다. 박의 소식을 들은 그의 아내가 까무러치기를 거듭하자 권은 숙이를 돌보기 시작하면서 아무도 찾지 않는 움막 같은 이곳에 기거하게 되었다. 밥은커녕 가끔 뒷집에서 광주리에 담아 들여놓는 감자덩이가 유일한 먹을거리일 뿐 누가 보더라도 이 집은 왕자를 보위했던 신하의 집이라고는 어느 구석에서도 찾아볼 수 없었다. 왕제를 위해, 왕자를 위해 박은 온몸을 바쳤건만 아내와 자식에게 남은 건 수시로 귀뚜라미만 튀어나오는 기울어진 진흙 벽돌집뿐이었다.

날이 밝아오려는지 땅 위에 떠다니던 이들이 어느새 보이지 않는다. 박은 아내의 얼굴을 보려 했으나 건넌방 문이 열리더니 권이 나온다. 죽은 사람만 불쌍할 뿐 개똥밭에 굴러도 이승이 좋다는 말이 생각났다. 반면에 이젠 되었다는 생각에 마음이 놓인다. 햇귀가 비치자 박의 몸은 그대로 사그라진다.

D나라에서의 왕제는 나날이 즐거웠다. B나라에 돌아와서도

왕제는 근심 걱정이 없다. 어차피 왕제는 왕권에 관심이 없고 사시사철 여인이 있고 풍악이 흐르면 그뿐이다. 그곳이 D나라이건 B나라이건 별 차이가 없다.

그러나 미려왕자는 D나라에서의 시간이 약간의 변화를 가져왔다. 그곳에 있을 때는 그저 하루하루가 버텨야하는 고통의 시간일 뿐 그 어떤 의미가 없는 벌레 같은 세월이었다. 허나 막상 원래의 자리로 돌아와 '이제 되었다'고 확인한 순간 가슴이 뻥 뚫리는 것이었다. 아무리 생각해도 그 이유를 알 수 없었다. 잠자리와 음식과 주변사람을 되짚어 보았다. 편한 이부자리에 입에 맞는 음식, 그런데 사람에서 뭔가 가슴에 얹힌다.

사흘이 걸렸다. 그 사람이 누구인지를 찾아냈다. 생각지도 못한 미야코였다. 헤어지던 대나무 숲의 모습을 떠올리려 하자 '스스스'하는 소리가 먼저 귓가를 스쳤다. 마른 잎을 부비며 '두고 보자'고 벼르는 칼날의 소리로 다가오는 이유가 무엇인지, 거기에서 생각이 멈추었다. 필시 미야코가 자신을 원망한다는 확신이 들었다. 미야코는 그저 시중녀였다. 딱히 그녀를 콕 집어, 내 사람이라고 말할 수 없었기에 데리고 간다는 명분이 서지 않았다. 그럼에도 마음 한 구석이 허한 이유는 무엇인지 알 수가 없다. 그저 나뭇잎이 떨어지고 점차 비어가는 뜰을 바라보는 것 외에 할 수 있는 일이 없다.

계절은 비슷한데 D나라의 뜰과 어찌 이렇게 다른 모습인지에 생각이 미친다. 그뿐이 아니다. 이곳 여인과 그곳 여인이 같은 여인임에도 모든 면이 전혀 다르지 않던가. 결국 우리는 다른 핏줄인 것이다. 미려왕자는 이제 아무 일도 없었던 듯 여인을 맞이하고 운이 닿으면 왕도 될 수 있는 것이다. 어차피 운명을 어쩌지 못할 입장이다. 그렇지 않다면 아예 D나라에 갔을 리도 없지 않았던가.

미야코를 그대로 둔 채 뒤도 돌아보지 않고 걸었던 대나무 숲에서의 일을 서서히 지워간다. 다만 가죽신 아래 밟히던 대나무 잎의 푹신함이 아늑하게 온몸을 감싸던 느낌이 오랫동안 가슴 속에 맴돈다. 미려왕자는 속엣 것을 털어내듯이 머리를 좌우로 흔든다.

'스스스.'

바람에 부딪치는 대나무 잎 소리가 뱀의 숨소리같이 들린다. 정자에 앉아 있던 미야코는 고개를 들었다. 달빛에 기름진 이마를 번득이며 팔짱을 낀 넓은 어깨의 사내가 서있다. 미야코는 돌연 그 얼굴에서 악귀의 모습을 한 성주를 떠올렸다. 아니, 그는 성주였다. 미야코는 그대로 정신을 잃고 말았다.

가장 먼저 미야코의 머리 모양이 바뀌었다. 하나로 질끈 묶어 내리던 긴 머리가 지금은 세 갈래로 나뉘어 양 갈래는 길게 땋아

내렸다. 가운데의 굵은 머리다발은 위로 감아올리고 성주가 좋아하는 산호장식의 머리꽂이가 꽂혀 있다. 이젠 미야코에게도 아침마다 머리 손질을 해주는 몸종이 있다. 미야코는 주방에서 음식을 주무르지 않아도, 상을 들고 이 방 저 방 드나들지 않아도 된 것이다. 여러 시중녀들과 함께 쓰던 방에서 떨어져 나와 혼자만의 방도 갖게 되었다. 하루 종일 하는 일없이 창가에 앉아 넋을 놓고 있다가 소매를 펄럭이며 건널 복도를 건너오는 성주의 모습에 정신이 돌아오는 것이 일상이었다.

한동안 미야코는, 계집아이처럼 단 음식을 좋아하던 미려왕자가 수시로 집어먹던 찹쌀 당고와 단팥죽만 보아도 한숨이 나오고 눈물이 흘렀다. 그러나 뱃속의 아이를 위해서는 마음을 다잡아야 했다. 제 한 몸을 생각한다면 이 세상에 아무 미련이 없었다. 미야코는 자신이 더 이상 갈 곳이 없다는 걸 알았다. 미야코는 이미 대나무 숲에서 죽은 목숨이었다. 만약 이 자리에 오지 않았다면 주방에서 입덧을 하다 머리채를 잡혀 나가 매를 맞고 먼 산에 버려졌을 것이다.

미야코는 자신의 호흡을 먹고사는 뱃속의 아이에게 생각이 미치면 정신이 번쩍 들었다. 미려왕자는 미울지언정 아이는 그럴 수 없었다. 성주의 곁에서 미야코는 꿈을 갖게 되었다. 이 아이는 미야코와는 다른 인생을 살 수 있다. 이제껏 미야코와 친한 사람들은 늘 머리 숙인 사람들뿐이었다. 부모형제도 언제나 발밑을 바라보며 허리를 굽혀왔다. 고개를 반듯이 쳐든 모습은 보기 어려웠다. 이제 이 아이는 얼굴을 반듯이 들고 먼 곳을 바라보며 살게 해줄 것이다. 내 자식은 누구든 상대의 눈을 바라보며 당당히 말할 수 있다는 생각에 미야코의 숨소리가 커진다.

석 달이 지나자 미야코는 태연하게 아이를 내세웠다. 대여섯 명의 후처가 있어도 자식이 귀한 성주는 미야코의 주위에서 뱅뱅 돈다.

아담한 키에 고운 피부, 여린 뼈대가 계집애 같던 미려왕자에 비해 바위만한 상체에 거친 수염, 굵은 목소리의 성주는 미야코를 마냥 주눅 들게 했었다.

이제 와서 생각해보면 어차피 말도 제대로 통하지 않는 터에 아이처럼 보살펴줘야 하는 미려왕자는 성가실 뿐이었다. 거친 외모와 달리 의외로 자상한 성주가 일일이 손톱까지 잘라주는 세심함에 미야코는 마음이 편안해졌다. 미야코의 긴 머리카락에 손가락을 넣어 빗어 내리는 성주의 손길을 느낀다. 미야코는 무의식중에 하얀 도자기 접시에 담긴 찹쌀당고에 손이 갔다.

대나무 숲 공터에 희뿌연 달빛이 쏟아진다.

미야코는 동료들과 나란히 손을 잡고 서너 걸음 걸어 나가며 외친다.

우리 집에 왜 왔니, 왜 왔니.

갑옷을 입은 B나라의 군사들이 마주 오며 소리친다.

B나라의 아기씨를 찾으러 왔단다.

미야코의 입 꼬리가 올라간다. 당장 눈에서 불꽃이 튈 것 같다. 미야코는 입속말을 중얼거린다. 그렇다면 가위 바위 보를 해야지. 너희는 나를 이길 수 없어. 미야코는 돌려줄 마음이 전혀 없다. 애초에 버린 건 너희니까.

가위 바위 보!

아랫배에 싸한 통증이 지나간다. 미야코의 손이 얼른 배를 감싼다.

미야코는 설핏 잠에서 깨어났다. 덮고 있는 얇은 비단이불을 슬쩍 밀어낸다. 미야코는 따뜻한 손을 내밀어 옆에 누워 있는 성주의 얼굴을 만져보고 자신의 배를 쓰다듬는다. 이제 B나라의 왕자 따위는 관심이 없다. 이 아이는 성주의 아이로 자라날 것이다.

허니 제과점

경관이 내게 단팥빵을 들이민다. 나는 고개를 돌렸다. 도무지 먹을 기분이 아니다. 설령 입맛이 있다 해도 허구한 날 주물러서 만들어대는 단팥빵을 파출소까지 와서 먹고 싶지는 않다. 차라리 씹지 않아도 입안에서 녹는 카스텔라라면 모를까. 케이크의 뼈대인 카스텔라를 나는 따로 빵으로 만들지 않는다. 우리 제과점에서는 케이크를 먹지 않는 이상 카스텔라를 먹을 일이 없다. 경관의 입으로 단팥빵이 들어가고 내 입에서는 옅은 한숨이 새어 나왔다. 경관은 둥그런 항아리 모양으로 생긴 바나나우유를 움켜쥔다. 그 손목의 시곗줄이 요상하다.

나는 이 자리에 앉아 있는 거만으로 자존심이 상해 견딜 수가 없다. 누군가에게 의심을 받는 게 참을 수 없이 불쾌했다. 내가 살고 있는 건물의 지하 화장실에서 성폭행이 일어난 것도 놀랄

일이지만 그 용의자로 내가 지목되었다는 것이 도저히 용납되지 않는다. 이제껏 나의 정의만큼은 누구와 비교해도 뒤지지 않을 자신이 있었다. 시간이 지날수록 점차 내가 경관의 눈치를 보며 서서히 비굴해지는 건 그저 제과점 문을 급히 닫고 온 이유 외에는 전혀 없다. 영문도 모르는 채 그 안에 갇혀 주인이 오기만을 기다릴 허니가 아니라면 이 정도로 고분고분할 내가 아니었다.

신상에 대해 질문이 아닌 문책을 당했다. 혼자 사느라 그렇게 외로웠냐고, 그래서 아무 여자나 하고 싶었냐는 폭언에 할 말을 잃었다. 그저 사는 것에 회의를 느낄 때였다. 누군가 나를 자꾸 보는 것 같아 문득 옆으로 고개를 돌렸다. 빗자루와 대걸레를 들고 있던 서너 명의 아이들이었다. 내가 아침마다 빵을 나누어주던 판자촌 아이들이다. 며칠 전만 해도 나를 친한 아저씨로 대하던 아이들이 마치 죽을죄를 짓고 와 있는 죄수라도 보는 양 오묘한 표정을 짓고 있었다. 성냥개비로 쌓아올린 삼각형의 탑이 무너졌을 때 별거 아닌, 아주 사소한 일이면서도 순간적으로는 큰일인 것 같은 착각이 들 때의 기분이랄까. 곧 누명을 벗으면 별일 없을 거다. 다시 예전으로 돌아갈 거라는 구차함이 내 얼굴에 묻어 있었나 보다. 아뇨, 됐어요, 라는 반사의 눈빛이 내게 돌아왔다.

하나님이 말씀하시길 누구든지 어린아이와 같은 마음을 갖지 않고는 천국으로 들어올 수 없다 했단다. 저 아이들을 보면 그저 한낱 양의 가면을 쓴 어른의 축소일 뿐이라고 생각된다. 내가 빵을 나누어 줄 때는 지극히 순수한 표정으로 다가왔었다. 불과 며칠 사이 내게 대한 근거 없는 소문에 항의는커녕 급 동조하는, 아니 오히려 더 죽일 놈이라는 시선으로 내게 비수를 꽂는다. 나는 민망해서 달팽이처럼 미끈거리며 껍질 속으로 들어가 한껏 몸을 구겨 넣고 만다. 아이들로 인한 상처는 어른에게 받은 아픔보다 더 치명적이다. 회복되는 시간이 서너 배는 더 걸릴 것이다. 어른들은 기회가 닿으면 변명이라도 하지만 아이들은 한번 각인된 기억을 뒤엎기가 쉽지 않다. 어릴수록 깨끗한 스펀지 같은 뇌에 사상이 잘 스며들듯이 말이다. 말 그대로 내게 있어서는 작은 악마들이다. 그 애들이 나를 향해 일제히 손가락을 가리키는 것 같다. 떠도는 소문의 진상이 밝혀지고 범인이 잡혀도 이들은 나를 여전히 지켜볼 것 같다.

서너 시간이 지났을까. H가 찾아왔다. 나는 가슴이 철렁했다. 죽어도 볼 일이 없을 줄 알았다. 아니 죽어도 안 보는 게 나을 것 같았다. 나의 주검보다 이런 꼴로 앉아 있는 모습이 더 싫었다. 마주 앉은 경관에게 분노심이 치밀었다. 헤어진 옛 연인을 이렇게 상봉시킬 것까지는 없지 않은가 말이다. 홀딱 벗고 맨 몸으로 앉아 있는 기분이었다. 순간이동이 가능하다면 그대로 사라지고 싶었다.

H와 헤어진 뒤 직장을 그만두고 이민을 가야겠다고 생각했을 때 거기에 합당한 자격이 내게는 아무것도 없었다. 어차피 돈은 없었고 아무리 머리를 쥐어짜 궁리해 봐도 화공과 출신이나 기계공업을 전공한 자들이 얻는 자격증은 내게 무리였다. 달리 선택의 여지가 없었다. 미용이나 제과, 제빵이 그나마 만만해 보였다. 그중 여자를 상대하는 미용사는 아무래도 자신이 없었다. 빵이나 과자를 만드는 일을 그다지 좋아하거나 관심도 없었지만 크게 거부감이 드는 것은 아니다. 기초수급 대상자에 끼어들어 정부 보조기관에서 반값의 혜택을 받으며 6개월이 지나서야 겨우 원하는 자격증을 땄다.

자격증을 쥐고 세계지도를 폈다. 가고 싶은 곳을 빨간 매직펜으로 동그라미 치려고 눈을 크게 떴다. 그러기를 며칠, 결국 동그라미는 아무데도 쳐지지 않았다. 왠지 자신이 없었다. 이 나라에 나를 위로해줄 이가 아무도 없을지언정 나는 여기서 버텨야 될 것 같았다. 애국심은커녕 증오심조차 없는 무관심한 이곳을 왜 못 떠나는지 알 수 없는 일이었다. 그렇다면 화해하고 눌러붙어야 한다. 허나 정작 누구와 화해를 하고 어느 곳에 머물러야 할지 암담했다. 세계지도를 접고 서울시 지도를 폈다. 서울에서 내가 가보지 못했던 곳을 찾았다. 개발이 덜 되고 그다지 사람들의 시선을 끌지 않는 동네를 골랐다. 언젠가 일간지에서 읽었던, 일류대 진학률을 표기하는 순위에서 꼴지를 한 지역이 생각났다. 발음하기도 어려운 중랑구였다. 중낭구로 읽을지 중량구라 읽을지 한참 헷갈렸던 구였다. 서울에서 꼴찌라면 대충 널널한 동네가 아닐까 싶었다.

나는 무엇이든 만만한 게 좋다. 사람이나 물건이나 그저 내가 편하려면 보통보다 수준이 낮아서 까다롭지 않은 것이 내 스타일이다. 십여 년을 공들여온 H와 헤어진 것도 결국은 H의 높은 학력과 수준 높은 집안 내력이 무관하지 않다. 나는 그 높은 벽을 넘지 못하고 막판에 모든 것을 포기하고 말았지만 후회는 없다. 언젠가 누군가와 또 다른 만남을 시작할지 어떨지는 모르지만 그때는 기필코 내가 편한, 만만한 상대를 고르리라 다짐하지만 그럴 일은 결코 없을 것만 같다. 이상하게 이성만큼은 쉬운 상대에게 도무지 흥미나 매력을 느끼지 못하기 때문이다. 아무래도 또 십 년 공들여 탑을 쌓고 부서트릴 공산이 크기에 이제는 아예 엄두가 나지 않는다. 체력은 예전만 못하고 경제력은 부실하고 나이까지 들은 처지에 그 길을 다시 가고 싶지는 않다.

가진 것을 다 털어 겨우 신내동에 작은 터를 마련했다. 비디오 대여점을 하던 곳이라 선반이 꽉 차 있었다. 가장 마음에 드는 곳은 주방이었다. 비좁긴 하지만 숙식이 가능했기 때문이다. 내 부모님은 내게 이렇게 장소에 구애받지 않고 비빌 언덕만 있으면 아무 곳이라도 철퍼덕 엉겨붙는 기질만은 탁월하게 남겨준 것 같다.

청소부터 인테리어까지 모든 것이 내 몫이었다. 남아 있는 선반을 뜯어서 빵 진열대를 만들고 동네 페인트 점에서 흰색 수성 페인트를 사서 칠하고 다이소에 가서 조화 장식을 마련해 군데군데 유치하지 않게 꽂으려고 애썼다. 내 딴에는 적은 비용으로 큰 효과를 내려고 최선을 다한 것이다.

H가 내게 남긴 건 오직 허니 뿐이다. 내가 처음 허니를 만나서 한동안 그 이름을 부를 때마다 낯이 근질거렸다. H는 일부러 인지 허니를 부를 때마다 혀를 한껏 굴리고 허리와 엉덩이를 살짝 비틀었다. 사실 허니는 H보다 나를 더 따랐다. 허니가 암컷이라 그럴지 모른다며 H가 살짝 시샘할 정도였다.

주방 한쪽에 접이식 보조 침대를 놓았다. 침대가 좁은 탓인지 아침에 일어나면 빽빽한 상자 속에서 일자로 잔 것처럼 뼈가 굳어 있었다. 아직은 견딜 만했다. 이제 이슬이 내리고 추워지면 더 심해질 것이다.

이른 시간 허니를 데리고 밖으로 나왔다. 운동복 차림의 사람들이 일제히 한 방향으로 가기에 그들을 따라갔다. 좁은 산길로 오르다 보니 제법 산이 우거져 있다. 허니는 기가 살아났다. 녀석도 꽤나 답답했던 모양이다. 중간에 쉬어가는 벤치와 운동기구 두어 점이 놓여 있다. 내친 김에 끝까지 올라갔다. 맨 위에 제법 넓은 평지가 있고 요란한 음악소리에 맞추어 중장년층의 체조가 한창이다. 나무에 묶여 있는 푸들 강아지를 보고 허니가 짖는다.

재빨리 그곳을 지나쳤다. 산중턱 아담한 평지에 흰색 천막이 넓게 펼쳐져 있다. 검은 가마솥에서 흰 수증기가 뿜어 오른다. 그곳에서 바로 만든 두부를 팔고 있었다. 아침 요깃거리로 제격이다. 노인 서너 명이 나무 벤치에 앉아 두부를 먹고 있다.

앞에서 솔향기가 나더니 소나무 숲이 우거져 있다. 발밑에 깔린 솔잎이 카펫같이 푹신하다. 나뭇가지 사이로 아파트 단지가 내려다 보인다. 한 시간 반 정도 걸려 산을 다 내려왔다. 집 앞에 서자 허니는 들어가기 싫은 눈치다. 별수 없다. 하루 종일 주방 다섯 평과 매장 십여 평의 공간을 오고 가는 게 전부이다. 어렵거나 힘들 때면 늘 아래를 내려다 본다. 이나마도 다행이다. 허니도 마찬가지다. 부잣집 귀염둥이로 살 수도 있지만 유기견으로 떠돌지 않는 것에 감사해야 한다. 큰 욕심 안 부리고 그저 하루의 일상이 원만하게 반복되고 있다. 아직은 다른 사람과 특별하게 엮이지 않은 채로 지내고 있다.

항상 호의를 베풀면 문제가 생긴다. 그저 남의 일에 무덤덤하게 살아야 할 것을 주제 없이 나대다 똥바가지를 뒤집어 쓴다. 제과점을 하다 보니 전날 팔다 남은 빵 처리가 문제였다. 한동안 전날 빵을 30% 세일에 팔았더니 주민들이 되레 그것만 찾았다. 세일 빵이 떨어지면 다음 날 아침으로 미루는 것이다. 이게 아니다 싶었다. 이른 아침 산에 오르며 빵을 들고 나섰다. 공원에 모인 노인께 인심을 썼다. 사람들은 참 간사하다. 처음에는 주는 대로 받고 고맙다고 한다. 그러나 날이 갈수록 본성이 드러난다. 우리 제과점은 단팥빵이 인기가 제일 많다. 당연히 단팥빵이 재고가 제일 적다. 재고 중에는 슈크림빵이나 소보로빵 비중이 크다. 노인들은 서로 단팥빵을 받으려고 아우성이다. 그러다 보니 슈크림빵을 내미는 내 손이 눈치를 보기 시작한다. 그렇다고 일부러 단팥빵을 새로 만들어 올 수는 없는 일이었다. 차츰 노인을 상대하는 게 힘들어졌다. 그 가운데 체격이 우람한 한 노인은 내게 대놓고 단팥빵을 요구하며 화를 냈다. 참으로 어이없고 기가 막힐 노릇이었다. 그러던 참에 산으로 들어가는 초입의 판자촌에 몇몇 아이들이 눈에 띄었다. 그 아이들에게 무심코 빵을 나누어 주기 시작했다. 허니도 노인보다 아이들이 좋은가 보다. 초입에서 손을 털고 산에 오르니 훨씬 홀가분했다. 아이들은 이거저거 빵의 종류를 가리지 않았다. 그저 변함없이 기뻐한다. 별다른 일이 생기지 않는 한 나의 일상은 그저 이대로 계속될 것 같았다.

며칠 전 이십대 초반 여성이 이 건물 지하에서 성폭행을 당했다고 한다. 그날 비는 꾸질꾸질 왔었고 난 그저 늘 하던 대로 열 시쯤에 가게 문을 닫았다. 같은 시간 그저 한 건물에 있었다는 이유만으로 나는 범인으로 몰리게 되었다. 그 누구도 나의 알리바이를 인정해 주지 않았다. 하기야 가게 문을 닫은 다음의 나를 누가 보기나 했던가. 늦은 밤 대충 열두 시가 못 되어서였다고 한다. 복도에서 토하던 그 여자를 누군가 끌고 지하로 내려갔다는 것이다. 불행하게도 그 화장실은 내가 사용하는 화장실이었다.

나를 바라보는 사람들의 눈초리가 매서워졌다. 제과점의 빵은 쌓여 갔다. 이틀이 지나 경관이 찾아왔다. 경관은 컴퓨터를 앞에 두고 일방적인 질문을 했다. 마치 컴퓨터가 나를 취조하는 것 같았다. 마음속에는 한 점 부끄러움이 없건만 내 삶이 온통 까뒤집어지며 목소리가 점점 작아졌다. 그깟 이름 없는 제과점 하나쯤 동네에서 없어져도 누구 하나 안타까워하는 사람이 없다는 듯한 경관의 태도는 내게서 비굴함을 끄집어내기 시작했다.

제과점에 손님이 뚝 끊겼다. 만들어 놓은 빵은 나와 허니의 주식이 되었다. 점차 빵의 양을 줄여 나가자 막상 들어온 손님은 구색이 맞지 않다고 못마땅해 한다. 그렇게 한 달이 지나자 월세가 빠듯해졌다. 때때로 연예인들이 온갖 망신을 당하며 소문에 휘둘리다가 언젠가 슬며시 제자리를 찾아 활동을 하기도 한다. 그 슬며시가 내게는 몇 달이 될지가 문제였다. 빵을 만드는 횟수가 줄어들다가 어느덧 손을 놓고 말았다.

시나몬쿠키만 열 개째 먹고 있다. 벌써 나흘째다. 첫날 치즈쿠키를 먹을 때는 허니가 무척 좋아하더니 연달아 참깨쿠키, 버터쿠키를 먹고 나자 이젠 시큰둥하다. 쿠키에다 커피만 내려 마셨더니 이젠 속이 느글거린다. 김치찌개가 먹고 싶지만 그걸 끓일 기력이 없다. 제과점에 남아 있는 쿠키를 다 먹고 나면 먹을거리라고는 딸기잼과 포도잼, 마멀레이드와 싸구려 포도주와 복숭아 맛 샴페인이 전부이다.

일주일 정도 경찰서로 불려 다니며 취조를 당했다. 그 후에는 구청 복지과에서 나온 담당 직원의 끈질긴 질문을 받고 추궁을 당했다. 문득 의문이 생겼다. 구청 복지과에서 나온 이가 나를 붙잡고 늘어지는 이유가 뭘까. 그는 경관이 아니고 법조인도 아니지 않나 말이다. 담당직원에게 조목조목 따지고 들었다. 나는 범인이 아니며 당신이 나를 들들 볶을 권리는 없다고 말이다. 내가 빌빌 댈 때는 목청을 높이더니 내 두 눈에 힘이 들어가자 그 직원은 서류를 챙겨 재빠르게 자리를 떴다. 나 같이 미심쩍은 독신 세대는 복지과에서 상담을 하고 일지를 작성해야 실적이 오르는 것인지 그 내막은 알 수 없지만 한 가지 확실한 것은 있다. 기관에서 나왔다 해서 무작정 쫄면서 순응할 필요는 없다는 것이다.

이젠 만신창이가 되어 작년 초의 초라한 내 모습이 되살아났다. 겨우 맘 잡고 새 출발을 했건만 요 모양, 요 꼴이 되고 말았다. 그래도 허니는 여전히 내 곁을 지키고 있다. 아니 어쩌면 허니도 내가 돌봐 줄 여력이 없음을 안 순간 미련 없이 등을 돌려 밖으로 뛰쳐나갈 지 모른다.

모든 일이 바닥에 닿아 보면 오를 일만 생각하기 마련이다. 문제는 어디까지가 바닥인지 알 수 없다는 것이다. 이보다 더한 바닥이 과연 있을까.

나는 가게 문을 열 생각 없이 간이침대에 널브러져 있고 허니는 바닥에 누워 내 쪽으로 얼굴을 돌리고 누워 있을 때였다. 가게 문에 달린 종이 울렸다. 못 들은 척했으나 잠시 틈을 두고 계속 흔들어댔다. 이른 시간, 살짝 긴 안개 탓인지 유리문 밖이 뿌옇게 보였다. 추리닝을 대충 걸치고 내키지 않은 걸음으로 유리문을 열었다.

H가 비닐포장 백을 들고 서있었다. 야채죽과 전복죽이었다. H가 늘 하는 방식은 밥 먹고 하자, 식기 전에 먹자, 였다. 사람들은 제각기 자기의 방식이 쉽게 변하지 않는다. 탁자에 죽 그릇을 놓고 앉아 우선 먹고 봐야 했다. 먹고 나면 커피를 마셔야 했다. 궁금한 걸 물으려면 그 절차부터 마쳐야 한다는 걸 난 잘 알고 있다. 그럼에도 왠지 내 동작이 서둘러지지 않았다. 어느덧 삶에 지쳤나 보다. 나는 세상이 불공평하다고 불만이 많았었다. 그러나 이젠 아니다. 내게 H가 있는 한 이 세상은 살 만하다. H는 겉보기에 그다지 강단이 있어 보이지 않지만 보기와 다른 게 그녀의 장점이다. 문제는 내가 느끼는 불안이다. 행여 H가 어느 순간 변덕을 부려 모든 게 원점으로 돌아갈지 모른다는 점이다. 이미 H는 나를 바닥으로 내친 바가 있지 않나 말이다. H가 제과점으로 들어섰을 때 허니는 무작정 꼬리치고 반겼다. 역시 개는 개다. 앞뒤 아무 생각 없이 그저 눈앞에 보이는 게 전부인 것이다. 어쩌면 나도 그렇게 살아가면 편하지 않을까. 내일 일은 어차피

모르고, 아니 모를 수밖에 없으니 지금 눈앞에 H가 있는 것에 그
저 만족하면 그뿐 아닐까.

나이가 들어가면서 신중해지기 보다 단순해지는 게 오히려 삶
의 지혜는 아닐까. 나도 모르게 허니처럼 꼬리를 치고 있는 것
만 같다. H는 두 마리 개의 머리를 쓰다듬으며 흐뭇해 하는 것
같다.

역시 배운 인간들은 뭐가 달라도 다르다. 그래서 배워서 남을
주는 게 아니라 자기가 갖는 것이다. 내가 대충 어림잡아 살아
가는 것에 비해 H는 정확히 거의 통계를 내듯이 계획을 세운다.
H의 통장 잔액이 제과점에 흡수되었다. 별 볼일 없는 작은 동네
라고 쉽게 접근했는데 요즘은 아무리 생활의 규모가 작아도 먹
을 건 먹고 마실 건 다 마시고 사는가 보다. 우리 부모님은 먹을
거 다 먹고 쓸 거 다 쓰며 언제 돈을 벌겠냐고 늘 잔소리를 입에
달고 살았다. 그렇다면 요즘 사람들은 돈을 벌 생각 따위는 아
예 없다는 말인가.

H가 커피머신을 들여놓고 아메리카와 카페오레, 라테 등을
팔기 시작하면서 제과점의 손님이 늘어나기 시작했다. 처음에는
빵에 곁들인 커피였는데 이제는 아예 빵은 거들떠보지 않고 커
피만 찾는 손님이 갈수록 늘어나고 있다.

또한 H는 나처럼 궁상맞지 않아서인지 길 건너편에 22평 아파

트를 얻어 살면서 허니를 데려가 버렸다. 내게 들어오라고 하지 않은 이상 내 성격상 두꺼운 얼굴로 그 아파트를 기웃거릴 수는 없었다. 내 주변이 하루가 다르게 변하면서 손님의 반응도 달라지기 시작했다. 내가 H라는 여자를 사귈 정도면 보기보다 꽤 괜찮은 인간이라고 생각하는 모양이다. 이래서 세상은 갈수록 비주얼이 갖춰져야 행세할 수 있는가 보다.

비주얼의 기준은 따로 명시된 바 없기에 각자의 느낌지수가 다를 것이다. 나의 기준은 H이기 때문인지 '배운 것들'이 되고 만다. H는 외모나 옷차림이 그다지 뛰어나거나 신경을 쓰지 않는 편이다. 그런데도 머리끝부터 발끝까지 표 나지 않게 튀는 것이다. 그게 고단수 아닐까. 많은 시간과 품을 들이지 않고도 세련될 수 있다는 건 그만큼 다져진 시각이 있다는 것이다. 이런 것에 기가 죽을 때면 왜 쓸데없이 학력 탓을 하게 되는지 모르겠다. 스스로 '배운 것들'에 대한 적개심이 깔려 있는 것에 비겁함을 느낀다.

허니만 해도 호피무늬 옷을 입히고 미용을 그럴듯하게 시켜주자 허우대가 나랑 있을 때와는 사뭇 달라 마치 다른 개 같았다. 허니의 시선도 나와 있을 때는 항상 비스듬히 아래쪽을 바라보더니 H가 데리고 가서 부터는 턱의 각도가 슬쩍 위로 올라간 것이다. 그런 허니를 보기 위해서는 아침마다 산에 오르지 않을 수 없었다. H가 허니를 제과점으로 데려오지 않으니 그 방법

밖에 없는 것이다. 돈을 들여서인지 문화적 소양이 그런 건지 모든 면에서 내가 할 때와 H가 건드릴 때는 같은 것도 달라 보이는 게 이상했다.

제과점 출입구의 손잡이가 신주로 된 사람의 손 모양으로 바뀌어, 들고 날 때마다 사람과 악수하는 기분이었다. 컵과 스푼도 이미 예전의 것이 아니었다. 벽은 원목과 벽돌로 절묘하게 배치했다. 무엇보다 신기한 것은 이런 변화가 문을 닫고 '수리 중'이라는 푯말을 단 한 번도 붙이지 않은 상태에서 진행되었다는 점이다.

H는 제과점의 이름을 바꾸자고 했다. 요즘 추세에 맞게 빠앙 베이커리가 아니면 아예 빵굼터같이 순 한글이 자연스럽다는 것이다. 제과점이라는 느낌이 80년대의 뉴욕제과점, 부산제과점같이 촌스럽지 않냐고 했다. 그도 그럴 것 같다. 친숙하며 세련된 이름을 생각해보기로 했다. 막상 정하려다 보니 단순히 빵만이 아닌 커피를 무시할 수가 없다. 아무래도 이름 정하기는 쉽지 않을 것 같다.

같이 일을 해볼수록 H의 타고난 재능이 아까울 정도였다. 어느새 영업을 했는지 아파트 뒤쪽의 중고등학교 어머니회 회장을 구워삶았나보다. 이번 학기 견학 일에 맞추어 샌드위치 세트를 주문받아 온 양이 한 달 치 매출액 만큼에 이르렀다. 아이들은 물론 선생님과 운전기사에 이르기까지 해마다 김밥으로 치러지던 점심 일정을 뚝딱 갈아치운 변화에 놀라울 따름이었다.

H의 계산법은 나와 달랐다. 내가 잡은 순이익에서 10%를 영업비로 빼는 H에게 토를 달지 않았지만 뭔가 그녀의 머릿속에 내가 모르는 다른 그림이 그려지고 있는 것 같았다. 이런 느낌이 올 때는 지체 말고 물어봐야 했다. 그걸 알면서도 나는 선뜻 묻지 못한다. 예전에도 그랬지만 나는 누구에게나 꼬치꼬치 묻는 걸 싫어했다. 그것은 곧 내게도 그러지 말라는 표현이기도 하다. H와는 이미 이별의 아픔을 경험한 적이 있고 그때의 실수를 알고 있음에도 나는 또 어쩌지 못한다.

최근에 젊은 커플들을 무심코 보니 하나의 공통점이 있었다. 여자와 의논한 다음에 메뉴를 정하고 쟁반에 들고 오가는 것까지 모두 남자들이 하는 것이다. 그런 걸 보며 나의 구닥다리 의식을 반성해 보지만 그 또한 고치질 못한다. 나의 이런 고루함에 대해 H가 싫은 내색은 해도 콕 찍어 말하지 않는 게 문제를 키우는 건 아닐까. 화통한 듯하면서 의외로 말은 하지 않고 어느 날 행동으로 나를 놀라게 하는 H는 이미 나를 난감하게 하지 않았던가.

때때로 H와 서먹해질 때 나는 우왕좌왕한다. 예전처럼 괜한 농지거리를 해댈 허니가 없다보니 해결책이 궁했다. 그럴 때면 동네 주민과 스스럼없이 얘기를 주고 받는 H가 더욱 눈에 띈다. 내가 이웃과 사귀지 못하는 건 그들의 질문에 일일이 답하다 보면 사생활이 드러나고 그걸 막으려니 구차하게 계속 꼬이는 대화가 피곤하기 때문이다. H는 자기를 덮어놓은 상태로 상대의 주도적인 애기를 끌어내고 필요한 정보는 캐내는 묘한 재주를 가지고 있다.

H가 나를 떠나지 못할 나만의 무언가가 없음을 깨달을수록 초조해진다. 그나마 끌어안고 있던 허니도 내 곁에 없는 터이다. 그렇다고 나는 H에게 납작 기지를 못한다. 그건 나를 더욱 비참하게 만들 뿐이다. 아니 적어도 그런 모습은 H가 바라는 바가 아님을 알고 있다. 나라는 인간이 더 이상 솟아날 물이 없는 바닥을 드러낼 때 H의 반응은 어떨지 가끔 궁금해진다. 마중물을 들이부을지 혹은 흙을 덮어버리고 떠날지, 요즘 이 생각이 자주 들고부터 화장실에 들락거리는 수가 잦아졌다. 내가 불안해하고 있는 것일까. 더구나 화장실에 갈 때면 젊은 여자가 성폭행 당했던 곳이라 또다시 가슴이 답답해진다.

이 건물 1층에는 화장실이 없다. 사건 후에는 2층 화장실을 오르내렸다. 그러자 복도에서 마주친 피아노학원, 논술학원, 영어학원 선생들의 뭔가를 생각하는 듯한 시선이 불편해서 다시 지하로 내려오게 되었다. 전에는 아침 일찍 담배 한 대를 들고 들어가 안락한 아침 볼일을 보던 곳이었다. 나는 양변기보다 동양식 변기를 좋아하기에 이곳이 아니면 편히 볼일 볼 곳이 드물 지경이었다. 일이 잘 안 풀릴 때마다 종종 담배를 들고 들어가면 복잡하던 마음이 어느 정도 가닥을 잡아가던 아담한 공간이었다. 뭐든 생각하기 나름 아니던가. 그곳이 한순간에 낯설어지고 말았다. 갈수록 귀퉁이로 떠 몰리는 기분이다.

H가 두 명의 사내와 커피를 마시고 있었다. 탁자 위에는 두툼한 업무용 수첩과 스테이플러로 찍어 놓은 여러 장의 A4용지와 손바닥만 한 계산기가 있었다. 문을 연 나와 눈이 마주치자 H는 어색하게 웃었다. 곧이어 그들은 나갔고 모처럼 주방에 와 있던 허니는 유난히 나를 반겼다. 다녀간 이들은 P제과점의 직원이었다. 우리 제과점을 인수하고 싶단다. 인수 후에는 옆에 있는 미용실을 합쳐서 확장할 예정이라고 했다. 그 조건에 응하면 마땅한 권리금을 쳐줄 의사가 있지만 만약 거절하면 어쩔 수 없이 맞은편 상가 나이키 매장 옆에 P제과점을 오픈할 예정이라고 했다. 문제는 그 권리금의 액수였다.
　H와 나는 고개를 맞댔다. 원점으로 따지면 나는 손해 볼 게 없었다. 처음 투자한 액수보다 세 배는 남는 것이다. 좋아하는 내게 H가 그 돈으로 어디로 가냐고 물었다. 받은 돈으로 더 좋은 곳으로 갈 수 있을 때에야 비로소 남는다는 말에 멈칫했다. 그렇다면 결과적으로 손해일지도 모르는 것이다. 나는 이렇게 세상 물정에 둔했다.
　예전에는 세상물정에 어두운 것도 순수한 증거라며 나의 장점으로 쳐주던 H였다. 그런 H도 세월 앞에서는 당할 재간이 없는 모양이다. 나의 장점들이 갈수록 무능함으로 전락해가고 있다. H는 요즘 세상에 내가 밥을 굶지 않는 것만도 용하다는 말을 자주 한다. 전에는 칭찬이라며 기뻐했을 나였다.

같은 말도 점점 다르게 해석되기 시작한다. 마음속이 꼬여가고 있는 것일까. H의 잘난 모습이 부각되면 기뻐해야 옳은 일이 아닌가. H가 잘 나갈수록 나는 상대적으로 열등감을 느낀다. 우리는 경쟁자가 아니다. 적이 아니다. 같은 편이다. 이 말을 계속 입속에서 우물거린다.

경관이 내게 단팥빵을 들이민다. 경관의 왼쪽 손목에 찬 시계가 눈에 익었다. 시곗줄이 검정과 밤색으로 양쪽이 달랐던 것이다. 나는 고개를 갸우뚱했다. 언젠가 이 장면을 어디선가 본 듯했다. 그때도 경관이 지금 이 자리에서 똑같은 포즈로 내게 단팥빵을 권했다. 그의 오른편에는 바나나우유가 반쯤 남아 있다. 그러고 보니 딱 이 년 만의 일이다. 길기보다는 짧은 시간이다. 그때만 해도 오늘 이 순간이 오리라고는 생각하지 못했다. 늘 한 번 있었던 일에는 무심하다가 두 번 거듭될 때에야 우리는 다시 한 번 생각하고 그때는 이미 늦었다는 사실을 알게 된다. 모든 일을 되돌릴 수 없을 때에야 비로소 중요하거나 혹은 아쉽다는 사실을 깨닫는 것이다.

예전에 나를 문책하던 경관이 이번에는 동정하는 태도였다.

이미 소문이 퍼질 대로 퍼진 모양이다. H가 나의 권리금을 갖고 사라진 일이 나는 도저히 믿어지지 않았다. 지금이라도 당장 허니를 끌어안고 저 출입구로 막 들어올 것만 같다. 코앞에 술값 영수증이 재떨이에 받쳐 있었다. 밤새 어디서 술을 마신 것인지 전혀 생각나지 않았다.

겨우 정착하려나, 했더니 결국 아웃되었다. 지난 24개월이 내게는 마치 십여 년의 시간이 흐른 것만 같다. 지난번에는 H가 찾아와서 재기했지만 지금은 H가 나를 이곳에 구겨놓고 떠났다. 한 번도 아닌 두 번의 남겨짐이 오히려 편한 것이 이상했다. 감정적인 경험도 쇠처럼 단련이 되는 걸까.

이제 '허니 제과점'의 간판은 사라질 테고 나에 대한 소문은 한동안 떠돌다 잊혀질 것이다. 내가 이 세상을 등질 때 나를 아쉬워 할 사람은 과연 누굴까라는 생각에 잠시 멍해진다. 어쩌면 H가, 아니 허니라면 나를 기억해 주겠지만 그게 무슨 의미가 있단 말인가. 새로운 시작은 내가 없음에 아쉬워 해 줄 누군가를 만들기 위해서가 아닐까.

내 손에 밀가루를 묻히고 저울에 버터의 무게를 재며 다시 반죽할 기회가 있을까. 허니를 먹여 살려야 할 의무가 있을 때는 그나마 규칙적인 생활이 가능했었다. 떠나는 자는 세워둔 목표가 있겠지만 남겨진 처지에서는 그저 망연할 뿐이다. 코끝을 감돌던 바닐라에센스 향도 혀끝을 감아 돌던 단팥의 달콤함도 이제는 아련함으로 남을 것인가. 옆을 보자 아이들이 보고 있었다. 나는 얼른 고개를 돌렸다. 한 아이가 말했다.

"아저씨! 요새는 왜 빵 안 주세요?"

머릿속이 텅하고 울리는 것 같다. 역시 작은 악마들이다. 내 처지고 뭐고 그저 제 몸만 생각한다. 날 놀리는 건가. 다시 아이를 보았다. 아이는 재떨이를 비우고 있었다. 다른 아이들도 이미 나를 잊고 주변을 치우고 있었다. 눈앞에서 사라지면 바로 잊고 모이 찾기에 바쁜 닭의 무리를 보는 것 같다. 이래서 살기 마련이다. 나를 어서 잊어 주는 게 도와주는 것이다.

배운 게 도둑질이라고, 장소만 바뀔 뿐 결국 나의 두 손은 제과점 주방에서 바삐 움직일 것이다. 다만 전날 빵을 30%의 세일로 팔거나 선심 쓰듯 나눠주던 그 시절은 결코 돌아오지 않을 것이다.

츠루하시

머리카락이 타버릴 것 같다. 오사카의 햇빛은 확실히 부산보다 강하다. 선글라스를 끼고도 눈이 시다. 어쩌다 여기까지 왔는지, 제법 걸은 모양이다. 번화가임에도 언뜻 언뜻 큰 건물의 틈새로 골목이 보인다. 작정하고 보지 않으면 눈에 띄지 않을 좁은 길이다. 내친김에 좁은 골목 안으로 몸을 들이민다. 사위가 확 조용해진다. 큰길과는 너무나 다른 느낌이라 되돌아갈까 잠시 망설이다 앞으로 나갔다. 그야말로 게딱지같은 작은 가게가 드물게 이어져 있다. 대도시의 일부라고 믿어지지 않는 곳이다.

골목 모퉁이에 색이 바래 알아볼 수 없는 간판이 눈에 띈다. 업종을 가늠하기 어려웠다. 가게의 미닫이문이 반쯤 열려 있다. 안쪽이 어두침침한 동굴같이 보인다. 오래된 미닫이문의 사각틀 유리창엔 켜켜이 먼지가 눌어붙어 불투명한 생선눈알 같다.

닳아빠진 문지방은 유독 가운데 부분만 기름칠한 듯 번들거려 미끄러워 보인다.

실내에 들어서자 극장 안에 들어간 듯 어둡다. 후덥지근한 여름날에 비해 실내는 진짜 동굴처럼 서늘하다. 어둠이 눈에 익을 동안 잠시 서있었다. 우선 발을 내딛을 공간을 살핀 다음 주위를 둘러본다.

손님이 들어가도 나이 든 노인은 게으른 몸짓으로 꾸물꾸물 제 할 일만 한다. 노인의 성별이 분명치 않다. 할아버지가 할머니 옷을 입은 건지, 할머니가 할아버지 옷을 걸친 것인지 어둠 속에서 분간이 되지 않는다. 살만한 게 보이지 않는 가게 안은 자칫 고물상에 들어온 착각을 일으킬 정도이다. 먼지에 덮인 건지 주변 물건이 온통 회색으로 보인다. 누군가 사가기나 하는지 궁금하다.

시대를 거슬러 쇼와시대의 가게라 해도 믿어질 정도다. 저 노인에게 자녀는 있을지가 왜 궁금할까. 조상이나 후손은 이미 관심을 벗어난 일인지 모른다. 노인에겐 당장 자신의 입에 먹을거리가 언제까지 들어갈지가 대수일 것이다. 관절이 성치 못할 노인을 움직이게 한 죄로 뚜껑 위에 두껍게 내려앉은 먼지를 뻔히 보고도 콜라 한 캔을 샀다.

빛이 있는 곳으로 나오자 눈앞이 하얗다. 잠시 눈을 감았다 떴다. 미닫이문 옆에 미처 보지 못한 낡은 플라스틱 바케쓰가 있다.

애초에 붉었을 바케쓰는 고춧가루가 햇빛에 바랜 듯한 주황색을 띠고 있다. 바케쓰를 둥지 삼아 닭벼슬 같이 투둘투둘한 붉은색 꽃을 인 맨드라미가 빳빳이 서있다. 그 아래 가장자리에는 채송화가 빙 둘러쳐 피어 있다. 채송화는 왜 늘 당당하지 못하게 느껴질까. 어딘가 자신감 없이 숨은 듯 피어 있다. 아무도 뭐라 하지 않아도 늘 눈치 보던 나의 어머니처럼 여리게 피어 있다. 빛바랜 진홍과 흐린 노랑, 왠지 흰 고무신이 생각나는 하얀 채송화. 그 누구도 채송화를 꽃병에 꽂을 이는 없을 것이다. 그럼에도 채송화는 여름의 한 자락을 떡하니 차지하고 있다. 화단의 맨 앞자리는 여전히 채송화의 것이다. 바케츠 옆에 방치된 낡은 자전거의 바퀴가 한여름에 가문 논처럼 터있다. 비닐의자의 찢어진 틈으로 달팽이 같은 스프링이 녹슨 채 튀어나와 있다. 이 주변은 어떤 약속이나 희망과는 거리가 먼 느낌이다.

그나마 꽃이라도 보이는 대낮이니 망정이지 한 밤의 이곳은 머리 풀어헤친 한 많은 귀신들이 서성일 것만 같다. 이미 그들과 한패가 되어 버린 노인만이 살아갈 수 있는 동네인지 모른다. 젊은이의 신선한 피 냄새를 좋아할 죽은 혼들의 거리는 조명 없이 그저 달빛으로 충분하리라. 내 전생에 이곳에 와봄직한 기분은 뭘까.

연결된 골목을 따라 걷다 보니 바짝 말라 버석한 나무판에 '우리 집'이라고 쓴 간판이 보인다. 가까이 갈수록 볶음요리의 간장

졸이는 단내가 난다. 열어 놓은 문으로 긴 나무탁자와 의자가 나를 부른다.

주방의 중년여자는 생머리를 단정하게 하나로 묶고, 보라색 H형 원피스를 입고 있다. 그 여자는 처음 들어선 나를 마치 아는 사이처럼 친근하게 대한다.

자리에 앉자마자 내 앞에는 주문할 새도 없이 순식간에 뜨끈한 쌀밥이 올라온다. 곧이어 감자와 무우조림, 가지무침이 재빠르게 차려진다. 세 가지 반찬을 다 맛보기도 전에 작은 나무도마 위에 푹신한 베개같이 놓여진 계란말이가 들쩍지근한 단내를 풍기며 가지무침 옆에 자리 잡는다. 무우조림 하나만으로도 충분히 만족할 만한 시간이다.

내 오른쪽에 앉은 이는 뜨거운 고깃국물을 시원하게 들이켜고 왼쪽으로 대각선에 앉아 있는 이는 차가운 가지냉국을 천천히 떠마신다. 왼쪽 노인은 필시 아내와 사별하고 자녀는 없거나 혹은 먼 곳에 있을 것만 같은 독거의 냄새가 난다.

이 더운 여름, 옆에서 뜨끈한 국물을 시원하게 들이켜는 이는 손님이되 가족 같은 세월을 느끼게 한다. 메뉴를 고르고 말 것 없이 그저 그 사람에 맞춰 주인이 주는 대로 불만 없이 먹는 모양새다. 팔꿈치를 괴고 있는 나무탁자에 파인 옹이 사이로 낀 먼지가 이미 청소로는 해결되지 않을 더께를 품고 있다. 양옆으로 나란히 앉아 있는 이들은 가족이 아님에도 불구하고 오랜 기간 식사

시간의 외로움을 나눈 분위기를 풍긴다. 얼굴이 닮아가는 가족이나 친척 같은 조합이다.

따뜻한 술이 한 잔 들어가면 누구나 옛 노래라도 한 곡 뽑을 듯한 편안함이 내려앉는다. 천장 가까이 벽 쪽에 붙은 좁은 선반에 7,80년대 대중가요 카세트테이프가 가득 꽂혀 있다. 정작 일본가수보다 한국가수의 테이프가 대부분이다. 나훈아, 남진, 패티김에 이어 민해경과 혜은이 등. 최근에 유행하는 떼 지어 나오는 그룹가수의 CD따위는 보이지 않는다.

날마다 이어지는 스케줄인지 열린 문틈 사이로 노르스름한 고양이 한 마리가 기웃거린다. 일행 모두 '아가'라고 반긴다. 이들과 떠돌이 고양이의 공통점은 혼자라는 외로움이다. 말소리와 사람 냄새, 따스함이 필요한, 텅 빈 온몸을 채우기 위해 모여든 것이다. 어쩌면 낯선 손님을 꺼릴 정도로 세상과 거리를 둔 공간인지 모른다. 거부당하지 않아서 감사해야 할 지경이다.

이들에게는 공통점이 있다. 가족이 없는 모습이다. 누구나 처음부터 가족이 없는 건 아니었다. 살다보니 서서히 가족구성원이 생겼다가 해체된 건 순간이다. 본인이 미처 깨닫기도 전에 그저 홀로 남겨지게 되었다. 그래도 평일에는 견딜 만했다. 비슷한 이들끼리 만나 자극적인 대화를 피해가면 문제는 없었다. 다만 명절, 이들은 명절을 기피했다. 이때만큼은 서로 만나지 않았다. 아무도 찾아오지 않는 명절을 서로에게 들키고 싶지 않았다. 알지만 굳이 확인받고 싶지 않는 심정인 것이다.

세월이 흘러 이제는 누구의 위로는커녕 간섭조차 아쉽지만 기대하지 않는다. 그저 조용히 눈 감을 날이 언제일지 헤아려 볼 뿐이다. 가능하면 너무 춥거나 덥지 않은 날, 시신을 거두는 이가 힘들지 않을 만큼의 날씨를 원하는 게 유일한 욕심이다.

'우리 집'에서는 주로 날씨와 몸의 감각이나 기능의 변화에 대한 얘기를 나눈다. 상대방의 얼굴만 봐도 어디가 아픈지 알 것 같다. 아픔의 정도를 가늠할 수 있다. 그나마 그런 얘기도 여기에 나와야만 가능한 일이다. 나는 잠시 눈을 감고 깊은 숨을 쉰다.

친어머니를 등지고 혼자 배를 타러 떠나던 새벽이 생각난다. 어째서 그런 결정을 했을까. 무엇이 집을 나오게 한 걸까. 평생 연을 끊었다고 수없이 다짐했어도 결국 이 도시로 돌아와 어머니의 현재를 확인하려 한다. 그러나 섣불리 시작을 못한다. 어디서부터 시작해야 할지 모르는 것이다. 죄책감을 넘어 이제는 뭐랄까 그저 짐을 덜고자 하는 마음인 것이다. 그 이유가 왼손 새끼 손톱에 봉숭아물을 들여 주었던 기억 하나밖에 없다.

초등학교 2, 3학년이었을까, 사내아이가 계집애처럼 봉숭아물을 들였다고 무던히도 놀림을 받았다. 깊은 잠에 빠진 내게 어머니는 무슨 생각으로 그랬을까. 평소의 어머니답지 않은 행동이다. 봉숭아물은 찰떡 귀신같이 들러붙어 절대 지워지지 않았다. 손톱이 자라서 깎여 나가길 기다릴 수밖에 없었던 시간들. 그나마 그런 일조차 없었다면 이 도시에 돌아와 예전의 흙냄새를 맡고자 애쓰는 일은 없었을 것이다.

낡음과 쇠퇴, 느른한 노인의 냄새가 떠다니는 골목, 키 작은 동자승에 씌워 놓은 빨간 비단옷이 비바람과 먼지에 휘둘려 사쿠라와 팥죽의 중간색을 띄고 있다. 내가 어릴 적에 배앓이를 하거나 고열에 시달리면 어머니는 골목 안에 있는 작은 돌탑 앞에 쪼그리고 앉아 한참을 빌고 또 빌었다. 무언가를 주세요, 가 아니라 잘못했다고 용서해 달라고 비는 모양새였다. 어머니와 내가 뭘 잘못했는지 그저 살아 숨 쉬는 게 그릇된 건지 그게 알 수 없어 나는 몸과 마음이 더 아팠다. 큰소리 한 번 내지 않고 걸을 수 있을 만큼만 고개를 들고 다니는 어머니가 답답해서 숨이 막혔다.

친할머니의 눈에 들어 제주도를 떠나 오사카로 온 것이, 내 아버지를 만나 결혼을 한 것이, 무엇이 잘못이었단 말인가. 할머니의 권유로 가정을 꾸리고 미용실을 이끌어간 게 모두 억지로 하지는 않았을 터, 어머니의 생각과 판단은 아무것도 아니었단 말인가.

그 당시의 나는 가뜩이나 일본인도 아니고 한국인이라기에도 어정쩡한 위치에 대해 혼란스러울 때였다. 할머니는 우리가 이미 일본인이라며 일본어로만 말했고 어머니는 단연코 한국인임을 잊어서는 안된다고 한국어를 썼다. 그 모든 일의 중심에서 나를 붙잡아줘야 할, 아버지의 존재는 사쿠라처럼 흩날려 버린 상태였다.

학창시절을 지내며 친한 친구라고 할 수 있는 몇 명의 초등학교 친구들은 대부분 흩어져 버렸다. 중, 고등학교에서는 왜 그런지 중간에 멀리 가던가, 그만두는 애들이 많았다. 학교 분위기가 대학에 가지 않을 거면 고졸이냐, 아니냐는 대수롭지 않다고 생각하는 추세였다.

할아버지와 아버지의 세대와는 달리 우리부터는 왠지 한국인끼리 서로를 불편해 했다. 아니 이미 아버지 때부터 흔들려 온 것 같다. 예전에는 귀화하지 않은 것에 자부심을 느꼈다지만 갈수록 자국민도 살아가기 힘든 세상이다 보니 우리 같은 처지는 주류에서 벗어나 곁가지에 빌붙어 자칫 말라버리기 쉬운 처지에 놓이게 되었다.

정규, 비정규를 떠나 그저 아르바이트 두 개 정도가 기본적인 생활방식이었다. 어머니를 떠나 항구로 걸어가는 발걸음이 어찌 가볍기만 했을까. 되돌아오는 발걸음이 이렇게 늦을 줄은 상상도 못했었다. 아니 솔직한 심정은 평생 안 오고 싶었는지도 모른다.

어머니는 미용학원에 다니며 제주시의 번화가에 있는 미용실에서 아르바이트를 하던 중 시어머니가 될 고 여사를 만났다고 한다. 갓 여고를 졸업한지라 세상물정 모르던 어머니는 일본에서 미용실을 한다는 고 여사의 세련된 수법에 넘어간 걸 평생 후회했다. 고 여사는 아예 작정하고 제주도를 거쳐 서울에 가려던 거였다. 며느리를 찾기 위한 여행길이었다.

서울까지 갈 것도 없었다. 고 여사의 촘촘한 그물망에 어머니가 찍 소리 못하고 걸려든 셈이었다. 배우 김지미를 닮은 고 여사는 어머니를 아끼며 자신의 오사카 미용실을 넘겨주려고 했단다. 잘난 아들 즉 내 아버지의 방탕함이 다 말아먹기 전이었다.

고 여사의 미용실은 난바에서 파친코를 하는 박 사장이 차려준 것이고, 고 여사의 외동아들인 내 아버지는 츠루하시 시장에서 젓갈 도소매를 하는 정 사장의 아들이었다. 정 사장이 알려지지 않은 내 친할아버지였다.

이 일대의 재일교포들은 표면상 모두 남이었지만 각자의 영업이 끝나 저녁을 먹고 술을 마시고 노래를 할 때면 한 가족이었다. 할머니는 그 무리 속의 마스코트였다.

그렇게 재일교포의 그룹은 서로 엮여 하나의 공동체로 서로를 챙겼다. 그것도 모두 옛날 일이었다. 이제는 각 가정의 제 식구도 남처럼 서로를 보살피지 않는다. 그것을 불편해하고 싫으면 집을 나가 버리는 시대가 되어버렸기 때문이다.

잦은 지진에도 불구하고 고층건물이 제법 빽빽이 늘어나 있다.

한낮에서 서서히 해거름이 되어가자 내 기억 속에서 코끝은 단내를 맡고 있다. 간장의 들쩍지근한 단내다. 단맛은 간장뿐이 아니다. 계란과 미역된장국, 우엉과 두부조림, 배추절임도 한결같이 들큰했다. 하다못해 꽁치구이까지 단맛이 날 지경이었다. 들큰함이 싫었던 내게 어머니는 미안해했다. 본인도 그 맛이 좋지는 않았던 모양이다.

제주도 여자들이 원래 음식솜씨가 없기도 하지만 시어머니의 입맛에 맞추다 보니 그렇다고 발뺌을 했다. 그러고 보니 소울 푸드라는 어머니의 손맛이 딱히 무엇이라고 생각나는 게 없다. 그저 잇몸이 약하다고 엄살 피우던 할머니가 좋아하는 간장 무우조림이 자주 밥상에 오르다 보니 어느새 내 입에도 맞았던 모양이다. 사실 내 입에 맞는 반찬은 맵고 짠 장아찌류이다.

장아찌 반찬을 잘 하고 그 누구보다 내 성격을 잘 맞춰주는 이는 부산의 미향이다. 아이들을 학교에 보낸 아주머니들이 커피 한잔을 마시러 미용실을 방앗간처럼 드나든다. 그곳 주인 미향이는 인심 좋게 간식까지 챙겨두며 그들을 맞이했다. 간식 중에는 전라도 영광에서 택배로 주문해 오는 모시 떡이 가장 인기가 좋았다. 아주머니들이 모였다 하면 왁자지껄 떠들어대는 입심에 나는 쪽문으로 슬슬 뒷걸음치다가 똥개처럼 잽싸게 내빼기 일쑤였다. 그럴 때마다 시끄러운 미용실 한쪽 구석에서 혼자 멍하니 있던 어머니가 눈앞에 아른거렸다.

　고 여사의 부모와 조부모를 비롯해 고 씨 일가는 일찍이 제주
도에서 배를 타고 요코하마를 거쳐 오사카의 츠루하시 시장 일
대에 터를 잡았다고 한다. 부산이나 군산에서 들어온 이들도 합
세해 그들은 츠루하시 시장에 김치를 기본으로 된장, 고추장을
비롯해 멸치, 김, 다시마 등 한국의 식자재 총판을 펼친 것이다.
　여고시절에도 눈에 띄는 미모였던 고 여사는 간혹 여배우의
길을 타진해 오는 이가 다가오기도 했다. 고 여사가 재일교포라
는 사실은 그들이 재차 생각해야 할 과제였고 복잡한 걸 원치 않
았던 이들은 쉽게 물러갔다. 고 여사가 복숭아꽃을 머리에 이고
태어나 기생팔자라고 염려하던 말이 근거 없지는 않았나 보다.
좋은 배필은커녕 하필 처자식 있는 정 사장과 엮여 숨겨진 여인
으로 살았으니 말이다.
　느닷없이 고 여사와 엮인 내 어머니의 팔자도 뭐라 할 처지는
아니지만 말이다. 고 여사의 미용실에서 카운터를 보던 아버지
는 새로 들어오는 어린 미용사를 탐하기에 바빴다. 그때마다 고
여사는 한쪽 눈을 질끈 감았다. 일이 커질 때마다 고 여사는 우
리 모자를 큰길가 숯불갈비 집으로 불러 거나하게 먹였다. 차츰
지쳐가던 어머니는 나를 돌본다며 집에 들어앉았다. 그나마 고
여사의 사랑으로 버텨 나간 세월이었다.

내가 중학생 교복을 입은 지 얼마 되지 않았을 때였다. 만발한 사쿠라가 싸한 봄바람에 눈처럼 흩날리던 봄날, 새로 온지 얼마 안된 미용사와 온천여행을 떠났던 아버지가 영영 돌아오지 않았다. 동반자살이라는 둥 사고사라는 둥 말이 많았다. 실종신고는 했지만 시간만 끌다가 흐지부지 미지의 사건이 되고 말았다.

어머니는 제주도로 돌아가길 원했다. 미용실을 처분하려고 보니 아버지가 한도껏 대출을 받은 뒤였다. 하루 종일 방에서 나오지 않던 어머니. 그때 어머니와 함께 제주도로 가는 길을 택했다면 어땠을까. 적어도 어머니의 남은 생이 좁은 방에 틀어박히는 삶이 되지는 않았을 것이다.

하나뿐인 아들을 잃은 고 여사는 핏줄의 끈을 잡고자 한동안 어머니와 나를 붙잡기 위해 안간힘을 썼다. 심한 우울증으로 생기를 잃은 어머니를 대하는 건 쉬운 일이 아니었다. 노년에도 늘 생기발랄한 고 여사는 어머니만 보면 불만이었다. 젊었을 때는 차분해서 좋다더니 나중에는 옆 사람도 기분이 주저앉는다며 눈을 흘겼다.

'더 늦기 전에'라는 말을 끝으로 고 여사는 정 사장의 후처로 들어앉아 버렸다. 고 여사는 핏줄보다 자신의 안위를 택한 것이다.

먹을 것을 챙겨 드나들던 고 여사가 발을 끊자 나는 당장 먹을 게 부실해졌다. 어머니와 단둘이 남겨진 나는 그 답답하고 암담함을 견딜 수 없었다. 어머니는 살아 있는 시체와 다름없었다. 그런 어머니를 챙기기에는 나는 너무 철이 없었다. 내가 당장 죽을 것만 같았다.

츠루하시 시장 쪽으로 걸었다. 세월에 비해 이 부근의 겉모습은 생각보다 크게 변하지 않았다. 그렇다고 예전과 같은 것은 아니었다. 뭐랄까 세월의 변화가 새로운 발전보다는 뭔가 뒤로 밀린 느낌이랄까. 그건 다른 지역에 비해 낙후되었다는 의미이기도 하다.

낯익은 글씨가 보인다. '츠루하시 시장'. 잠깐 눈을 감았다. 머릿속 기억의 냄새와 현재 코앞의 냄새는 전혀 다르다. 과거에는 김치를 비롯한 붉은색의 팔팔한 냄새가 떠돌았다면 지금은 소금기를 품고 무겁게 가라앉은 갈색의 삭힌 냄새가 퍼져 있다. 음식의 자연향을 누르고 상품의 존재감이 버티고 있다. 하긴 모든 것이 변하지 않았던가.

기대감이 크면 실망도 크다. 매사 바라지 않는 것이 내 생활에 도움이 되었다. 이곳을 떠나기 전에는 큰 상점으로 들어가는 초입, 길가에 점포가 없는 영세업자들이 늘어서 있었다. 그들은 둥그런 함지박에 직접 담근 배추김치와 깍두기를 담고 콩자반과 멸치 등은 투명비닐에 담아 팔고 있었다. 지금은 그들의 모습이 없고 곧장 상점으로 연결된다.

사라진 예전의 아주머니, 할머니들은 어찌 되었을까. 그들의 뒤를 잇는 세대는 이제 없는가 보다. 세상살이가 좋아진 만큼 삶의 질이 나아졌다는 걸 나는 잘 모르겠다. 내 또래나 나보다 어린 사람들이 어떤 식으로 살아가든 그 삶이 결코 부유해 보이지는 않는다. 다른 사람들은 다 빼고 내 주변사람만 어렵게 살아가고 있단 말인가.

내가 오사카에 간다고 하자 미향이도 같이 가고 싶다고 했다. 최소한으로 잡아도 2박3일은 필요한 터였다. 해마다 8월초 며칠간은 일본인 관광객이 살짝 줄어드는 때였다. 설령 그렇지 않다 하더라도 날짜를 선뜻 정하려면 뭔가가 걸리기 마련이다. 이래서, 저래서 하다 보면 영원히 떠날 날을 정하지 못할 것이다.

내가 소속되어 있는 작은 여행사 사장은 오십 대의 독신이다 보니 가족 일에 그다지 널널한 편이 아니다. 그나마 그동안 내가 개인적인 일로 따로 휴가를 신청한 적이 없었기에 순순히 날을 잡을 수 있었다. 문제는 미향이었다.

막상 비행기 표를 사려고 하자 미향이가 발을 뺐다. 사흘이나 미용실 문을 닫을 수는 없다는 거였다. 여자들의 마음은 알다가도 모를 일이다. 그깟 사흘이 뭐라고. 기껏 아주머니들과 수다 떨며 파마 몇 건을 마는 게 뭐 그리 대수인지 모르겠다고 했다가 미향이에게 된통 당했다. 모든 직업에는 나름의 상도가 있다며 정색하는 미향이에게 여러 번 사과를 해야만 했다. 업소가 크지 않다고 규칙 없이 함부로 영업하는 자는 문을 열 자격이 없다는 둥 손님에 대한 예의를 지켜야한다는 둥. 그런 미향이를 보며 나는 희망을 가졌다. 자신의 일에 자부심이 있고 계획한 목표대로 밀어붙이는 그녀의 패기가 부러웠다. 내가 왜 미향이를 좋아하는지 알 것 같았다.

언제나 무거운 몸으로 나무늘보같이 느린 동작에 풀어진 눈동자를 가진 어머니에게 질린 나였다. 미래를 보지 않고 옛날만 그리워하며 눈앞의 멀쩡한 아들 걱정은 하되 챙기지는 못하는 어머니가 지겨웠었다. 나는 더욱 확신이 섰다. 오사카에 가서 어머니 문제에 종지부를 찍고 미향이와 결혼하리라는. 미향이의 아들은 내 아들이다, 라고 세뇌시키며. 그 녀석을 보면 왜 어릴 적 내 모습이 떠오르는지 모르겠다.

12월 초였다. 미처 겨울외투를 준비하지 않은 때였다. 그날은 점심을 먹고 나자 갑자기 기온이 떨어졌다. 가이드로서는 한가해지는 철이었다. 서둘러 일을 끝내고 집으로 가는 길이었다. 언덕으로 올라가는 골목을 앞두고 열 살 가량의 사내애가 타코야끼를 먹으며 걸어가고 있었다. 갑자기 장난기가 동했다. 타코야끼를 먹고 있는 아이한테 한 개만 달라고 했다. 녀석은 나를 빤히 쳐다보더니 '아들'이라고 부르면 주겠다고 했다. 순간 온몸에 소름이 돋아 올랐다. 왜 그런지 이유는 알 수 없었다. 아버지가 나를 뭐라고 불렀는지 기억나지 않았다. 내 이름이 뭐였지. 갑자기 머릿속이 텅 빈 것 같았다. 닳아빠진 어린놈이 나를 농락한다는 생각이 들기도 했었다. 당돌한 녀석이었다.

그 당시 내가 어떻게 했는지 생각나지 않는다. 아무튼 타코야끼 두 개를 얻어먹었던 건 확실하다. 그때 그 녀석이 미향이 아들이다.

그 일을 두고 미향이는 떡 하나 주면 안 잡아먹지라며 아들을 협박했다고 두고두고 트집을 잡았다. 잡아먹힐 녀석이 아니라는 걸 미향이는 모른다. 오히려 그 아들 때문에 내가 코가 꿰였다고 아무리 발버둥 쳐도 모자는 콧방귀도 뀌지 않는다. 남편과 사별한 뒤에도 꿀림없이 당당한 미향이 못지않게 그 아들 녀석은 한술 더 뜬다.

그 녀석은 나를 '타코'라고 부르고 나는 녀석을 '새꼬막'이라 부른다. 어린 녀석이 빈틈이 없고 한 대 쥐어박아도 끄떡없다. 녀석은 장차 미용사가 되고 싶다고 했다. 미향이처럼 구멍가게 수준이 아닌 전국적으로 지점이 수두룩한 대규모의 미용실을 운영할 거라 했다.

나는 탐탁지 않았다. 어릴 적부터 줄곧 보아 왔던 미용실의 풍경이 사내에겐 어울리지 않는다고 생각했다. 하기야 나는 말이 없는 편이다. 그에 비해 새꼬막은 주저리주저리 은근히 말이 많다. 유년기의 많은 시간을 아주머니들의 손에서 손으로 안겨가며 부산의 드센 사투리 소리를 듣노라면 녀석이 말 많은 건 당연한 일일 것이다.

녀석이 미향이와 같이 주방에 있노라면 정신이 하나도 없다. 녀석이 미향이에게 하는 말이나 행동이 하나도 허투루 보이지 않는다. 유독 내 어머니가 생각나기 때문이었다. 저들의 알콩달콩하는 모습을 보고 있노라면 나는 참으로 매정한 아들이었음을 깨닫게 된다. 어머니는 미향이가 아니고 나 역시 새꼬막이 아니지만 그래도 이건 아니지 싶었다. 새삼 어머니와 그 주변의 모든 것들이 생각났다.

오사카로 오면서 큰 기대를 한 건 아니었다. 그럼에도 할머니와 어머니의 지금 모습을 확인하는 건 두려운 일이다. 할머니의 생사는 진작 포기했고 어머니의 생사가 문제였다. 츠루하시 시장을 중심으로 소학교와 은행, 개천의 다리 역시 크게 변하지 않았다. 나를 기다려 주지 않은 이곳은 오히려 나를 밀어내고 있다. 천륜을 거스르는 삶을 살아온 내가 이제와 죄책감을 느끼는 건 의미가 없다. 지난 세월의 상처는 그 무엇으로도 보상되지 않는다. 시장 통로를 두리번거리며 자세히 훑어 보았다. 내가 알 만한, 나를 알아볼 만한 이는 어디에도 없다.

츠루하시를 대표하는 김치코너에는 변함없이 숙성의 향이 퍼

져 나가고 있다. 막 실려 와 짙은 풀 향기가 배여 있는 배추, 소금
물에 담겨 힘을 빼가는 배추, 방금 버무려 생고추향이 압도적인
배추, 적당히 익거나 살짝 쉰 김치의 향연이 펼쳐져 있다.

비닐 앞치마를 두른 아주머니들의 연령이 거의 5, 60대가 많
아 보인다. 희한한 일이다. 재래시장의 아주머니들은 왜 한결같
이 5, 60대가 주류일까. 물론 사십 대나 칠십 대가 아예 없는 건
아니다. 하긴 이십 대는 아직 다른 일할 곳이 있을 테고 삼십 대
는 어린아이의 육아로 힘들 때이다.

김치시장의 규모가 예전에 비해 축소되었음을 쉽게 알 수 있
었다. 비단 김치뿐이 아니다. 생선이나 과일 쪽도 위축된 분위기
였다. 여기도 대형마트의 공격적인 공급에 영향을 받았을 것이
다. 수박향을 맡으니 기온이 1℃는 떨어진 것 같다. 참외향 역시
무시할 수 없다. 바구니에 쌓아올린 포도 옆에는 청록색의 모기
향이 연기를 피워 올리고 있다.

건어물 코너가 가까워지자 꿉꿉한 오징어 냄새가 시선을 끈
다. 말린 홍합과 조갯살 위에서 파리채가 바람개비처럼 뱅뱅 돌
고 있다. 커다란 드럼통이 늘어서 있는 젓갈코너 쪽으로는 아직
도 눈길을 주지 못했다.

행여 정 사장네 가족이라도 마주칠까 껄끄러워서, 라는 생각
을 하다가 피식 웃음이 나왔다. 엊그제 일이 아니고 지난 세월
이 얼마인데 그들이 아직 있다는 보장도 없지 않은가. 어머니를

닮아 소심한 마음은 아직도 변하지 않았다. 참으로 부질없는 시간이었다. 주변을 둘러보았다. 부산의 자갈치시장과 크게 다르지 않았다.

바닥이 물로 철벅거리는 생선코너의 비린내를 맡으며 걷다 보니 가게와 가게 사이로 좁은 뒷골목이 보인다. 텅 빈 골목에 낯익은 목욕탕의 포렴이 걸려 있다. 멀리서 봐도 단번에 알 수 있는 목욕탕의 흰색 마크가 회색을 띠고 있다. 무명천에 주홍색을 물들인 포렴이 처음에는 아주 진한 색이었을 것이다. 지금은 말라버린 흐린 장미색을 띠고 있다. 저 목욕탕은 분명 친할머니의 친구가 주인이었다. 몇몇의 주인을 거쳤을 세월이다.

아직도 이 목욕탕이 문을 닫지 않은 까닭을 알겠다. 이토록 낡은 동네에는 목욕시설이 제대로 안된 가구가 많을 것 같다. 포렴을 제치자 희미한 먼지 냄새가 난다. 작은 유리창 너머로 굽은 등 때문인지 턱을 카운터에 받치고 앉아 있는 할머니를 보는 순간 코끝이 찡했다. 이 동네에서 내가 유일하게 알아본 사람이다. 커다란 입, 아귀를 닮은 입, 비록 쭈글거리는 주름과 늘어진 살집으로 둘러싸여 있어도 그 입이다.

태생이 마산이라 본인은 마산 아지매라 불리길 원했지만 사람들은 한사코 아귀 아지매라고 불렀다. 입이 아니었으면 알아보기 힘들 정도로 통통하던 얼굴의 눈 주변이 움푹 꺼져 해골이 연상된다. 온통 검버섯이 끼어 얼룩덜룩한 지도 같은 피부는 나의 친할머니의 뽀얗던 얼굴을 떠올리게 한다. 나의 친할머니와 자주 어울리던 아귀 할머니는 꽤나 말이 많고 목청이 컸었다. 남탕에도 씩씩하게 들어와 물의 온도를 재거나 비누를 놓아주기도 했었다.

내가 내민 오천 엔짜리 지폐에 얼굴을 가까이 들이대는 아귀 할머니는 마치 지폐를 냄새로 구분하려는 모양새다. 삐걱거리는 마루를 지나 네모난 플라스틱 통에 옷을 담고 들어선 목욕탕. 아무도 없는 실내는 누룽지 향을 풍기며 좁은 연못 같은 탕이 그 옛날 그대로 한가운데 놓여 있다.

어릴 적엔 저곳에서 잘도 첨벙거렸다. 성인 십여 명이 앉으면 꽉 찰 것 같은 공간이 왜 그리도 넓어 보였을까. 천천히 몸을 담그고 천정을 바라본다. 군데군데 이가 빠진 타일이 그대로 방치되어있다. 아귀 할머니와 똑같이 노쇠한 이곳, 섣불리 손을 댈 수가 없었을 것이다. 출입구에 앉아 있는 아귀 할머니가 세상을 떠날 때가 이 목욕탕이 문 닫는 날이 될 것 같다. 졸고 있는 아귀 할머니는 내가 나가는지도 모른다. 그저 들어갈 때만 확인해도 대단한 역할이다.

어둑한 골목에 자판기의 푸르스름한 불빛이 가로등 빛을 대신해 준다. 개운한 몸으로 아사히 캔 맥주 하나를 뽑아 마신다. 나도 모르게 '카' 소리를 내며 쪼그려 앉았다. 맥주 자판기 옆에 우롱차와 녹차, 커피가 있는 자판기가 나란히 있다. 어머니는 우롱차를 즐겨 마셨었다. 아버지에게 우롱당하고 시어머니에게도 우롱당했다며 자신의 인생은 이미 제주도를 떠날 때 끝나 버렸다고 했었다.

그 얘기를 들을 때마다 내 머릿속에는 희망을 주는 찻잎은 없을까를 생각했었다. 과거에서 헤어나지 못하는 어리석은 사람을 위해 앞날에 대해 꿈을 꾸게 할 차를 매일 마시게 하면 어떨까를 진지하게 생각했다. 이름도 지었었다. '희망차', '새빛차'라고.

남편과 아들 중에 하나를 택하라면 어머니는 남편을 택할 사람이었다. 그렇지 않고서야 멀쩡한 아들을 코앞에 두고 사라진 남편의 그늘에서 벗어나지 못한단 말인가. 미향이만 해도 사별한 남편을 접어 두고 새꼬막과 열심히 살아가고 있지 않은가 말이다. 하긴 죽은 시신을 확인하고 단념하는 것과 그저 실종과는 아예 비교가 되지 않을 수도 있다. 그다지도 남편의 존재가 큰 비중을 차지했다면 평소에 좀 더 적극적으로 남편을 챙길 것이지. 아무튼 어머니는 못난 사람이다.

오늘밤을 어디서 지내야 할지 모르겠다. 여기까지 와서 어머니에 대해 알고자 나서지 않고 묻지도 않으면 어쩌겠다는 건지 스스로가 답답하다. 일단 누군가를 정하는 게 쉽지 않다. 과연 누구한테 묻는단 말인가. 묻기 전에 내가 누구인지 밝히는 일이 우선이다.

만약 나를 밝히고 물었을 때 돌아올 질책과 질문이 두려웠다.

막상 내가 얻을 어머니의 소식보다는 들려줘야 할 설명과 대답이 더 많을 것 같았다. 아니 어쩌면 아닐 수도 있다. 세상이 변하지 않았던가. 요즘은 다른 사람에 대해 관심이 없는 시대이다. 저 살길이 바쁜 세상이다. 어머니에 대해 알고 있는 자를 찾는 게, 아니 말해줄 수 있는 자를 찾는 게 어려울 수도 있다. 남의 일에 관여하지 않는 시대이지 않은가 말이다.

큰길로 나서자 현란한 네온사인이 빛나고 있다. 한글로 '찜질방'이라고 쓴 대형 간판이 무지갯빛 전구로 반짝이고 있다. 어느새 내 발걸음이 그곳을 향하고 있다. 이곳에 온 나의 목적은 이미 오래전에 의미를 잃은 것만 같다. 이제껏 살아온 그대로 앞으로도 그렇게 살아가면 그저 그뿐이지 않겠는가. 참으로 못된 놈이다. 나라는 놈은.

어디 있을까

마지막 수업종이 울렸다. 아이들이 부산하게 움직인다. 중학생이어도 덩치는 어른 못지않은 아이들이 많아 교실이 좁아 보였다. 토요일 오후는 사람들의 마음을 들뜨게 한다. 교무실에는 몇몇 선생들이 입장권을 쥐고 얘기 중이었다. 춘천에서 열리는 인형극 축제에 간다는 것이다. 1박2일로 다녀온다며 선생들은 아이들처럼 산만하다. 행여 선생들이 같이 가자고 할까봐 퇴근을 서두른다. '춘천'에 관련된 모든 단어에 나는 왜 예민한 걸까.

학교 뒷문으로 연결된 아파트 단지는 화단마다 코스모스가 시들어 가고 있었다. 언제부터인지 봄, 가을은 무늬만 남기고 금세 사라진다.

현관에 들어섰다. 아무도 없다. 위아래 신발장 사이 거울 면에 붙어있는 가족사진이 너무 낡아 보인다. 생각난 김에 곧장 작은방 책장에서 앨범을 꺼냈다. 맨 첫 장에 베트남 난민수용소에서 찍어 온 듯한 흑백사진 한 장이 있었다. 배를 쑥 내밀고 바가지 머리에 감색 민소매 원피스를 입은 아이를 자세히 들여다보았다. 계단에 서서 햇빛 때문인지 잔뜩 찌푸린 까무잡잡한 얼굴로 카메라를 쳐다보는 아이, 그 애가 나다. 사진의 배경을 도통 모르던 내게 그곳이 봉의산 올라가는 초입에 있는 계단이라고 알려준 건 언니였다. 언니에게는 춘천의 어떤 모습이 기억의 시작일까. 내게는 눈이 부시도록 하얀 학교 운동장이다.

학교 운동장에 햇빛이 반사되어 눈을 제대로 뜰 수가 없었다. 아무도 없는 운동장이 내게 두려움을 주었다. 아니 아무도 없는 복도는 더욱 숨통을 조였다. 3-1 이라고 쓴 교실 앞에서 머뭇거렸다. 갑자기 교실 문이 열리자 난 급히 고개를 숙였다. 담임선생님의 봉긋한 배가 코에 닿을 거 같았다.

"늦잠 잤구나! 어서 들어와."

교실에 들어서자 애들이 와아 하고 웃었다. 벌써 3교시 째였다. 엄마는 매일 아침 늦잠 자는 내 버릇을 고치겠다고 몇 번이나 으름장을 놓았었다. 아침에 일어나자 집안에 아무도 없었다. 마루 밑에서 기어 나온 쫑이 꼬리를 칠뿐이었다. 오전 10시 반의 고요가 묘하게 낯설었다. 마치 전혀 가본 적이 없는 외계에 온 듯한 착각을 일으켰다. 애들은 물론이고 아주머니들조차도 어딘가 꼭꼭 숨어 버린 모양이었다. 집에서 큰길까지 가는 동안 사람이라고는 구경조차 할 수 없었다. 아무도 없는 큰길에는 자동차 한 대도 눈에 띄지 않았다. 횡단보도를 건너 학교 정문으로 들어가는데 경비 아저씨도 자리에 없었다. 갑자기 교실에 들어가기가 싫어졌다. 딱히 갈 데도 없건만 무작정 어딘가로 가고 싶어지는 마음을 본관에서 나오는 경비 아저씨를 보고 급히 접었다.

느릿느릿 집으로 돌아오는 길은 온통 병아리색 연노랑빛이 눈앞에 어른거렸다. 마당에 들어서자 활짝 핀 꽃들이 갖가지 색으로 나를 반기는 것 같았다. 아직 꽃은 피지 않았지만 담장에 바싹 붙어 있는 해바라기의 굵은 줄기를 비롯해 키 순서대로 분꽃, 깨꽃, 아직 줄기가 가느다란 맨드라미, 그 옆의 금송화 아래로 채송화의 앙증맞은 꽃 이파리가 바닥에 엎드려 있었다. 평소에 쫑이 잘 눕던, 수돗가에 빙 둘러쳐진 시멘트바닥이 대낮의 열기로 뜨겁게 데워져 있나 보다. 마루 밑 그늘에 배를 깔고 누워 있던 쫑이 늘어진 몸짓으로 꼬리를 쳤다. 쫑의 턱을 잡고 머리를 쓰다듬어 주었다. 쫑은 지그시 눈을 감았다. 마루에 내려놓았던 가방에서 옥수수 빵을 꺼내는데 어느새 쫑이 옆에 와서 그윽한 시선을 보낸다. 갈색 윗부분을 뜯어 주자 쫑은 한 입에 꿀꺽 삼키고 또 쳐다본다. 노르스름한 가운데 살을 뜯어먹으니 고소한 옥수수 향이 입안에 감돈다. 내 입 모양을 빤히 쳐다보는 쫑이 민

망스러워 약간 도톰한 아랫부분을 뜯어 손을 높이 쳐든다. 쫑이
점프를 한다. 어림없다. 높이를 조금 낮춘다. 다시 점프하는 쫑
의 입에 빵이 물려 있다. 나는 쫑의 머리를 쓰다듬는다. 이제 왔
냐는 엄마의 목소리가 뒤에서 들린다. 엄마가 들고 있는 쟁반에
뽀얀 감자떡이 수북하다. 내가 좋아하는 찐빵을 쪄서 옆집 경식
이네 갖다 줬더니 그 집은 마침 감자떡을 했다고 한다. 나는 부
엌으로 들어갔다. 부뚜막 위에 있는 양푼을 젖히자 소다 냄새 팍
풍기는 노르스름한 찐빵이 가득 들어 있다. 한 입 베어 물으니
달콤한 팥이 가득 씹힌다. 손 씻고 믹으라는 소리에 나는 마당으
로 나와 수돗가로 간다. 오빠가 오면 나는 무조건 오빠 뒤만 따
라 다니기 바쁘다. 옆집 경식이네는 우리 집이랑 비슷한 데가 많
다. 우선 한옥인 집안 구조가 똑같은데다가 아버지끼리 엄마끼
리 친할 뿐만 아니라 경식이 큰누나는 언니와 같은 반이고 둘째
누나는 오빠와 동갑인 데다 경식이도 나와 같은 3학년이다. 그
애 아버지는 나만 보면 우리 며느리 왔구나하는 바람에 나는 꽁
지 빠지게 내빼기 일쑤였다. 나에게는 여름의 하루해가 어찌나
짧은지 방과 후 오빠랑 경식이, 경숙이 언니랑 정신없이 놀다 보
면 어느덧 어스름해지면서 알싸한 저녁 냄새가 코끝에 걸린다.
그때서야 급작스런 허기가 몰려온다. 골목길 들어서는 아버지의
손에는 수박이 덜렁거린다.

밤이면 마루에 몰려 앉아 땀을 질질 흘리며 양초를 켜고 그림

자놀이에 빠진다. 오줌 싼다고 타박하는 엄마의 목소리가 오히려 놀이를 부추긴다. 단칼에 쩍 벌어진 수박의 시원한 향이 퍼지면 난 그 향에 취해 초저녁잠이 쏟아진다. 하루 종일 붙어 다니던 언니와 경희언니는 늦은 밤에도 무슨 할 얘기가 그리도 많은지 장독대에 붙어 서서 얼굴만 내밀고 얘기에 열중이다. 또 하루가 아쉽게 끝나고 있다. 그러나 내일의 놀이에 또 다른 기대를 걸고 늦잠 잘까 걱정하며 빳빳하게 풀 먹인 포플린 이불 속으로 들어간다.

봉의산에는 호랑이가 산다는 얘길 들으며 자랐다. 육이오 때는 국군과 인민군들의 격투로 인해 피 냄새께나 풍겼다는 말과 어느 초등학교나 있을 법한 얘기들, 학교의 소사아저씨가 이무기를 죽여 학교의 연중행사인 소풍이나 운동회 날이면 어김없이 비가 온다는 말이 있었다. 학교 화장실 뒤쪽은 더러워서가 아니라 막연한 두려움에 가까이 갈 엄두가 나지 않았다.

공지천! 그곳은 내게 죽음의 두려움을 알게 해준 곳이다. 한여름의 더위가 한창인 대낮에 오빠와 경식이와 동네 아이들은 미지근하고 달짝지근하게 몸에 착착 감기는 물속에 몸을 담그고 물을 튀기며 놀고 있었다. 갑자기 누군가 발목을 쭉 당기는 느낌이었다. 더 이상한 건 목구멍에서 소리가 나오질 않는 거였다. 그때 날 잡아준 건 오빠였다. 그 후부터 공지천을 가로지르는 경춘선 철로를 건너는 놀이에 낄 수 없었다.

겨울이면 짙은 군청색으로 꽝꽝 얼어붙은 공지천의 얼음 색깔만 보아도 왠지 섬뜩했다. 공지천의 얼음 벌판 위로 서울의 사립초등학교 스케이트 팀이 스팽글을 단 반짝이 옷을 입고 질주와 무용을 곁들였다. 거기서 피겨스케이팅을 타는 선수들은 같은 또래이면서도 마치 연예인처럼 특별하게 보였다.

유난히 영화를 좋아했던 아버지는 토요일 밤이면 우리 삼남매가 일찍 이불 속에 들게 했다. 언니와 나는 자는 척하지만 오빠는 살금살금 뒤를 좇아가 극장 앞 매표소에서 표를 살 때 느닷없이 앞에 나서고는 했다. 그 당시 중국영화 '외팔이'의 인기는 대단했다. 좁은 골목마다 긴 나무 막대기 하나를 칼처럼 들고 한쪽 소매를 덜렁거리며 외팔이 흉내를 내는 아이들이 꽤 많았다.

한국군이 파월하자 월남과의 합작영화도 제법 볼 수 있었다. 영화의 내용은 대부분 월남에 간 한국 군인과 현지 월남 여인과의 이루어질 수 없는 사랑이었다. 내게 강하게 남아 있는 부분은 배우도 스토리도 아닌 영화의 배경이었다. 격투지의 습하고 후텁지근한 장면에서는 극장 안의 온도까지 높아져 늪지에서 헤매는 착각에 빠졌다. 가정집의 넓은 정원에 가득 피어있는 커다란 꽃들은 모란꽃처럼 절이나 시골역의 꽃밭에서 본 듯 낯익었다. 그 꽃들은, 겨울에 덮던 목화솜 이불에 프린트된 원색의 울긋불긋한 꽃과 비슷했다. 어찌 보면 촌스럽지만 꽤나 정감이 갔다. 두 손을 커다랗게 펴서 합친 정도의 큰 꽃들 사이로 긴 머리를 틀어 올리고, 보일 듯 보이지 않고 안보일 듯 다 보여 준다는 아오자이를 입고 걸어 나오는 까무잡잡한 얼굴의 월남 여자. 월남전이 한창인 때라 그 곳에 관한 이야기들이 넘쳐났다. 베트콩의 잔인함, 예쁜 여자 스파이, 고아들… 그곳에 다녀오는 군인들은 미제물건에 관세가 없기에 간단한 전자제품이나 텔레비전, 전축을 가져왔다. 그것은 본인이 직접 사용하지 않고 몇 배의 값을 붙여 파는 게 대부분이었다.

연탄 공장과 사이다 공장이 있어도 조용한 동네였다. 콩나물을 먹으면 키가 큰다는 유혹 때문에 귀찮음을 마다하고 심부름 길을 나선다. 주홍색 플라스틱 바가지를 들고 개천가 콩나물 가게의 낮은 문짝을 밀고 들어서면 순간 극장에 들어온 거 같다. 잠시 후 주위를 살펴보면 흔들리는 알전구 아래, 등 굽은 할머니가 콩나물에 물을 주는 모습을 분간해 낼 수 있었다. 나는 엄마처럼 많이 주세요, 라고 하지만 가는귀먹은 할머니의 표정에는 변화가 없다.

윗동네 쪽으로 언덕길을 올라가다 보면 만화책에 잘 나오는 커다란 이층 양옥이 있었다. 그 집은 대문 밖에서 보면 빨간 지붕만 보였다. 대문이 늘 굳게 닫혀 있었지만 어쩌다 열린 대문 틈으로 들여다 본 마당은 나의 상상을 만족시켰다. 정원수는 손질이 잘되어 있었고 푹신해 보이는 잔디에는 하얀 강아지 서 너 마리가 뛰어다니고 있었다. 그 집에 내 또래의 여자아이가 사는 줄도 몰랐다. 여러 명의 아이들과 함께 그 집에 들어간 날은 찬 비 내리는 가을이었다.

넓은 거실은 천장이 꽤 높았다. 유리접시에 담긴 알록달록한 새알 초콜릿을 먹고 난 우리는 그 집의 여자애를 따라 방으로 들어갔다. 거기에는 내가 좋아하는 엄희자의 순정만화를 비롯해 무협만화, 명작만화도 있었지만 그중 우리의 인기를 끈 건 『황금박쥐』와 『요괴인간』이었다. 비 오는 가을날, 왠지 일본풍이 느껴지는 실내에서 요괴인간인 뱀, 베라, 베로가 나오는 괴기스런 만화를 보자니 그 집의 분위기가 그날의 기억으로 굳어져 더 이상 신비한 상상을 할 수가 없었다.

교회가 흔치 않을 때였다. 느닷없이 빨간 양옥의 주인이 망했다는 소문이 나고 몇 개월이 지나서 교회가 된다고 했다. 높은 담이 허물어지고 들어 난 그 집 앞마당은 온통 일꾼들의 곡괭이로 파헤쳐지고 있었다. 교회 전단지를 돌리는 전도사가 왠지 미웠고 교회에 가면 과자를 준다며 같이 가자는 애들도 얄밉기만 했다. 미술 시간에 자주 그리던 빨간 양옥은 그렇게 사라졌다.

학교에서, 가을소풍 겸 야외에서 수채화를 그려보자며 가까운 드림랜드로 전교생이 가게 되었다. 같은 서울인데도 버스로 십 분 거리에서 숲을 보기는 쉽지 않다. 드림랜드는 예전에 '공주릉'이었다. 공주릉 주변은 춘천을 떠나 처음 머문 동네였다. 나는 아이들에게 의례적인 주의사항을 이르고 혼자 걸었다. 선생들은 벌써 휴게소에 들어가 커피를 마시고 있다.

울창하던 나무들이 잘려 나간 자리는 놀이기구가 놓여 있다. 거대한 숲이던 이곳은 1970년대의 힘들었던 서울살이에, 그나마 일요일에 부담 없이 찾아 올 수 있는 곳이었다.

우리가족이 서울에 왔을 때 가장 큰 변화는 춘천의 초등학교에서는 급식으로 주던 옥수수 빵을 주지 않는 거였다. 옥수수 빵을 구경조차 할 수 없어서 서울에 온 것이 후회될 정도였다. 더구나 옥수수 빵을 생각하면 경식이네 집에 주고 온 쫑이 자꾸 생각나는 게 더 싫었다. 옥수수 빵을 얇게 썰어 프라이팬에 마가린을 두르고 구워 먹으면, 아! 그 맛은 엄마가 만들어 주던 찐빵이나 꽈배기 튀김은 결코 비교할 수 없었다. 서울에 온 후 언니와 경희언니는 한동안 편지를 열심히 주고받았지만 시간이 지날수록 차츰 뜸해지더니 어느덧 크리스마스카드 정도나 보내는 동안, 오빠와 나 역시 새로운 친구들과의 만남에 어수선한 시기를 보내고 있었다.

아버지의 얼굴은 갈수록 어두워지고 엄마는 간간이 멍해질 때가 잦았다. 서울의 북쪽 논을 메워 가며 새로운 동네가 생겨가는 데에 아버지도 한 몫을 했다. 이른바 집 장사로 나선 것이다. 은행에서 대출 받아 지은 집을 얼른 팔아 치우고 그 차액으로 다시 집 짓는 것을 반복하는 게 그 지역의 유행이었다. 집 장사들은 절대 비싼 자재를 쓰지 않는다. 능력에 따라 대 여섯 채의 집을 동시에 지으며 똑같은 자재를 써서 복제를 시키니 단가가 낮아질 수밖에 없다. 아버지의 고지식한 성격으로 내 집처럼 알차게 지으려니 단가는 오르고 시일은 늦어지고, 사려는 사람은 큰 차이가 없으니 싼 집을 살 수 밖에 없다. 재빨리 팔아야 이익이 있건만 시일이 늦어지면 은행 빚은 순식간에 불어난다. 일은 풀리지 않고 은행 빚은 쌓여 가자 결국 서울에 마련한 집을 팔고 셋방살이로 나서게 되었다.

엄마는 주인집 내외가 젊을 경우 더욱 눈치를 보며 어려워했다. 젊은 주인이 식모까지 두고 사는데 비해 나이 들어 머리 큰 애들 셋과 한 방에 기거한다는 건 분명히 자존심 상하는 일이었다. 게다가 안채는 집안에 들인 화장실을 사용하고 세입자는 추운 겨울이면 엉덩이가 얼어붙는 장독대 밑의 대문간 옆 변소에서 볼일을 본다고 생각하면 주인과 세입자의 거리는 멀기만 했다.

끝까지 애썼지만 결국 입학금을 내지 못한 언니는 대학에 갈 수 없었다. 몇 개월을 개인 오퍼상에 다니던 언니는 공무원 시험에 합격해 외할머니 동네의 동사무소로 발령받아 혼자 사는 할머니 집에 머물게 되었다. 양손에 옷 보따리 하나씩을 들고 버스에 오르는 언니의 뒷모습이 한동안 머릿속에서 사라지지 않았다. 언니가 가버린 게 교통 문제보다는 주인집의 눈치로 가족의 머릿수 하나를 덜어내기 위함이었을 것이다.

서울에서의 아픈 기억을 버리고 우리가족은 경기도민으로 물러났다. 영세한 사람들이 꼬여드는 H시는 서울에서의 생활이 그나마 나았음을 깨우쳐 주었다. 내가 가장 수치심을 느낀 건 화장실 문제였다. 이른 아침마다 서둘러야 만족한 볼일을 치러 낼 수 있을 정도로 열 개가 나란히 붙어 있는 허술한 베니어판 화장실 문 앞에는 아침이면 사람들이 줄지어 서있었다. 화장실 앞에서 또래의 애들을 만나는 게 제일 고역이었다. 버스 타는 시간도 비슷한데 화장실 앞에서까지 만나고 싶지는 않았다. 더구나 남자애들 보기가 훨씬 껄끄러운 건 사춘기 때문이 아니었을까.

그 동네에서 그나마 버틴 것은 작은 개척교회의 젊은 전도사 덕이었다. 전도사는 우리 집을 열심히 찾아와서 전도했지만 정작 아버지가 정한 교회는 이미 그 동네에 굳게 자리 잡은 아담한 교회였다. 교회 뒤뜰에는 무당이 살고 있었다. 그곳은 원래 교회 땅인데 얼굴에 밀가루를 뒤집어 쓴 것처럼 하얀 무당이 차지하고는 좀처럼 내주지를 않는다는 거였다. 거의 백여 평 정도 되는 뒤뜰에서는 간간이 굿판이 벌어지고 행여 그 시간이 예배시간과 겹칠 때는 여간 성가신 게 아니었다. 목사는 자연스레 가까워진 아버지를 부추겨 그 땅을 찾는 일에 앞장서게 했고 마음 약한 아버지는 쉽게 그 일에 휩싸이고 말았다. 아버지는 법률서적을 뒤져가며 날밤을 새우고 꼼꼼히 서류를 준비하더니 거의 오 개월 만에 교회 뒤뜰을 되찾게 되었다. 나는 그날을 잊을 수가 없다. 일요일, 오전 예배를 마치자 목사는 교회 안마당에 돗자리를 깔고 교회 임원들이 마련한 김밥 도시락을 쌓아 놓았다. 지금은 비록 장소가 마땅치 않지만 내년에는 뒤뜰에 잔디를 심고 야외 나들이하는 기분으로 식사를 하자는 인사말이 떨어지자 사람들은 박수를 쳤다. 모두 하나씩 받은 도시락 뚜껑을 열고 나무젓가락의 종이 포장지를 찢고 있을 때였다. 어디선가 징 소리가 울려오기 시작했다. 처음에는 아무도 신경 쓰지 않았다. 김밥을 앞에 둔 아이들은 미처 젓가락을 가르기도 전에 손가락이 먼저 움직였다. 우리가족도 앞집 진희엄마가 건네는 김밥 도시락을 받아서 먹으려고 할 때였다. 징 소리에 이어 북소리, 꽹과리소리가 어우러지더니 어느새 귀청을 찢어대는 소리로 커졌다. 갑자기 교회 안마당이 술렁거리더니 빨갛고 파란색과 노란색이 섞인 무당 옷에 칼까지 휘두르는 뒤뜰의 무당이 선뜻 나타났다. 청년회 젊은이들이 뭉쳐 무당을 위주로 장단 맞추는 패거리를 밀어내려 했으나 그들은 끄떡도 하지 않았다. 김밥을 입에 문 사람들은 놀라서 어찌할 바를 모르고 있었다. 나이가 어린 아이들은 영문도 모른 채 잔칫날이라도 된 듯이 흥겨워하는 판이었다. 무당은 마당에 둘러앉은 사람들을 향해 독설을 퍼부어 댔다. 내 집을 뺏고 니들이 배불리 먹으며 잘 살 줄 알았냐고, 오늘부터는 절대 두 발 뻗고 자지 못할 거라며 윽박질렀다. 게다가 서류 들고 다니며 설친 놈! 하며 무당은 아버지를 쏘아 보았다. 네놈은 10년

안에 아들을 앞세울 것이다. 그 말에 교인들은 놀란 눈으로 우리 가족을 일제히 쳐다보았다. 엄마의 얼굴은 하얗게 굳었다. 몇 달 동안 동네 사람들은 그날의 일이 화젯거리였다. 우리가족이 골목을 지날 때 흘깃거리며 쳐다보는 눈에는 어디 그 말이 맞는지 두고 보자는 심보가 어려 있었다. 탐색 당하는 기분은 분명 나만의 느낌이 아니었을 것이다. 주일이면 교회에 가는 일이 부담스러워지기 시작했다.

고교생이던 오빠는 차츰 모범생에서 멀어지고 있었다. 엄마는 그런 오빠에 대한 실망보다는 그저 아무 탈이나 없었으면 하는 태도였다. 엄마는 언제부터인가 밤늦도록 어디서 뭘 했는지 반쯤 넋이 나간 표정으로 돌아오고는 했다.

아버지의 귀가시간이 갈수록 늦어지고 집에 오면 신세타령하는 날이 많아졌다. 젊은 전도사가 말한 대로 마음이 울적해지면 주기도문을 외웠다. 그런데 엄마가 차츰 요상해지고 있었다. 새벽에 언뜻 귓가에 어른대는 소리가 분명 기도라고 하기에는 섬뜩했다. 몸을 뒤척이며 본 엄마의 표정은 누군가의 모습을 닮아 있었다. 곧 그 얼굴을 떠올리고는 나도 모르게 입이 벌어지고 말았다. 교회 앞마당에서 날뛰던 무당의 하얀 얼굴이었던 것이다.

반찬값이나 벌자며 시작했던 엄마의 부업은 늘 날짜에 쫓겼다. 왼쪽 집게손가락에 동그란 고리를 벌리는 스테인리스 반지를 끼고 오른손에는 집게를 들고 도금이 안된 목걸이 줄을 끼우는 엄마의 손은 겨울이면 악어가죽처럼 두툼해지며 갈라졌다. 바셀린이라도 바르고 하라면 미끈덕거려 일에 능률이 오르지 않는다며 한사코 마다했다. 잠이 부족한 엄마가 안타까워 일을 거들려고 하면 엄마는 화를 냈다. 여자는 곱게 커야 팔자가 좋아지지 험한 일에 나서면 팔자도 세진다고 했다.

엄마의 목 근육은 서서히 굳어 가고 있었다. 각 가정마다 군식구는 많고 벌이는 시원찮은 동네라서 목걸이 작업을 할당받는 경쟁이 심했다. 때로는 일을 나눠 주는 공장관리인과 동네 아주머니와의 불륜이 문제되기도 했다. 선적일이 다가오면 작업량이 늘어나며 동네는 밤 늦도록 불 밝힌 집이 많았다. 작업량을 어기면 그 집은 한동안 일을 따낼 수 없었다. 그럴 때는 의례 여기저기 다른 집에서 따낸 일을 구걸하듯 얻어서 10%의 수익금을 떼어 줘야 하는 게 동네의 규칙이었다. 간혹 집안 노인네들이 도와준다고 나섰다가, 어두운 눈으로 자칫 목걸이 고리의 바늘구멍만 한 크기를 감당 못해 불량을 내기가 일쑤였다. 아주머니 중에는 밤잠을 이겨내기 위해 약국에서 파는 '타이밍'이라는 잠 안오는 약을 복용하며 입시 공부하는 아들딸과 밤을 지새우는 일도 허다했다.

H시에서 서울에 있는 학교에 가려면 오빠와 나는 새벽에 일어나 바삐 움직여야 했다. 오빠는 나와 같이 버스를 타는 게 뭐가 쑥스러운지 늘 먼저 가버렸다. 하기야 오빠는 밖에서 나를 보

면 슬슬 피하기 일쑤였다. 같이 있다가는 연애한다고 오해를 받는다는 게 나는 우습기만 했다. 먼 통학거리도 차츰 요령이 생겨서 영어단어나 암기 과목은 버스에서 거뜬히 해치울 수 있었다. 나는 나름대로 생활에 적응해 가는 데 오빠는 교복 바지의 통을 줄이고 모자를 삐딱하게 쓰기 시작했다. 그런 오빠가 낯설었다. 오빠네 담임선생의 호출을 받은 엄마가 눈이 퉁퉁 부어서 돌아왔다. 며칠이 지나 오빠는 같은 반 학생 다섯 명과 집단으로 가출했다. 그리고는 그만이었다. 청소년의 멋모르는 소행이기에는 나이가 많고, 유괴는 더더구나 아닌 상태로 가출학생의 부모들은 그럴 줄 알았다는 듯 포기해 버렸다.

우리가족은 H시를 떠나왔다. 아니 H시가 우리 가족을 밀어낸 건지 모른다. 잘사는 이들이 눈치 보지 않고 과시할 수 있고, 못사는 이들이 표 안 나게 묻힐 수 있는 곳은 역시 서울인 것 같다. 서울에 오지 않고 그대로 춘천에서 살았다면 어떻게 되었을까. 아버지는 적어도 교감 선생은 되었을 거고 엄마, 언니, 오빠는 어떤 모습일까. 나는 옆집 경식이와 사귈지도 모른다. 그 집의 며느리? 피식 웃음이 난다. 춘천을 떠나 온 이유는 얼마 전에야 알게 되었다.

초등학교 교사였던 아버지는 어느 날, 아이가 시력이 나쁘니 앞자리로 앉혀 달라고 찾아온 학부모가 내민 김 다발을 아무 생각 없이 받았다고 한다. 다녀간 지 일주일이 지나도록 자녀의 자리가 그대로이자 학교 측에 찔러 넣은 게, 김 다발 속에 촌지가 끼여 있었다는 것이다. 그때서야 부엌 선반에 얹어 둔 김을 꺼내 보니 흰 봉투가 들어 있었지만 이미 돌려주기에는 늦었고 분노와 수치심에 아버지는 사표를 내고 바로 그 도시를 떠나온 것이다.

선생과 군인, 공무원이었던 이들은 대체로 사업해서 성공할 확률이 적다하지 않은가. 월급쟁이들의 평이하고 고지식한 생각과 달리 온갖 권모술수에 능한 사업하는 자들의 전쟁터에서 아버지는 살아남을 수 없었다. 길이 아니면 돌아서면 된다는 생각과 달리, 실패는 남자들에게 오기와 도전의 마약을 풀어놓는 건지 아버지는 좀처럼 '사업'이라는 늪에서 빠져 나오지 못하고 허우적거렸다.

어린 내가 봐도 사지 않을 것 같은 물건을 특허내서 팔려는 아버지가 안타까울 뿐이었다. 1970년대는 굳이 있어도 그만 없어도 그만인 것에 눈 돌릴 틈이 없었다. 전쟁을 겪으며 고생께나 했으니 자녀들에게는 빛나는 미래를 주기 위해 부모들의 한결같은 마음이 절정인 때였다. 아버지가 하는 일은 시계추의 반동을 이용한 그네 뛰는 인형, 새 모양의 주둥이에서 간장 식초를 따르게 하는 코르크 병마개 따위를 만드는 것이었다. 그때만 해도 늦은 건 아니었다. 결정적인 건 H시에서 무당의 비위를 건드린 데서부터 시작된 것 같았다. 종교의 영험성을 떠나 섣불리 남의 잔치 상에 밤 놔라, 대추 놔라, 나서지 말아야 했다. 우리가족은 H시를 떠나와서 단 한 번도 교회에 나가지 않았다. 믿음이 자리잡기도 전에 험한 꼴을 당한 우리가족은 꼬리를 사렸다.

체육선생은 장충체육관의 관람권을 쥐고 와야 점수를 준다고 했다. 우리학교 핸드볼 팀의 경기였다. 아이들은 관람권을 받아들고 경기는 보지 않은 채 근처 공원으로 빠져 나왔다. 모처럼 나들이 온 기분으로 낙엽을 줍거나 간이매점에서 핫도그를 사 먹는 애들이 많았다. 누군가 자꾸 쳐다보는 것 같았다. 옆의 애가 내 옆구리를 찔러 쳐다보니 주춤거리며 다가오는 애가 있었다. 낯이 익은 그 애는 H시의 앞집에 살던 진희였다. 우리학교의 상대가 그 애의 학교라고 했다. 나보다 한 학년이 낮아서 친구로 지내지는 않았지만 그 애 엄마는 엄마의 심심찮은 말벗이었다. 진희는 뭔가 할 얘기가 있는 듯 했다.

교회 뒷담을 헐며 무당 집으로 포클레인이 들어갔을 때 흰 소복을 입고 광목으로 목을 매단 무당의 시신이 대추나무에서 덜렁거리고 있더란다. 한지에 써서 대추나무에 식칼로 찍어 놓은 유서에는 나를 이 지경으로 만든 놈은 죽어 귀신이 되더라도 찾아가 피눈물을 흘리게 만들겠노라고 쓰여 있었단다. 동네사람들은 우리가족을 걱정했단다. 안 듣는 게 나았다.

중학교 종업식이었다. 갑자기 추워진 날씨로 얼굴이 얼어 터질 것만 같았다. 방문을 열었을 때 이상한 냉기가 느껴졌다. 쪽이불을 덮어 놓은 아랫목에 손을 넣었더니 바닥은 따뜻했다. 그런데도 얼음판 위에 맨발로 서있는 느낌이었다. 밤이 깊어도 엄마는 돌아오지 않았다. 아버지는 찾을 생각조차 하지 않았다. 어쩌면 이미 알고 있었다는 듯 아버지는 아무 흔들림이 없었다. 엄마가 사라지고 사흘이 지났다. 아버지와 나는 저녁 뉴스를 틀어놓고 밥을 먹고 있었다. 한쪽 다리를 저는, 50대의 행색이 초라한 남자가 찾아왔다. 뒷집에 산다며 다짜고짜 자기 마누라를 찾아내라고 했다. 우리 엄마가 그 집 안 사람을 꼬드겨 가출했으니 자신은 둘째 치고 반신불수 노모는 어떡하느냐며 악다구니를 썼다. 아버지는 대꾸하지 않았다. 뒷집 남자는 사람 말이 말 같지 않냐, 며 목발로 저녁상을 휘저었다. 아버지가 담배를 피워 물며 당신 하는 짓 보니 여태껏 살아 준 것만 해도 다행이라는 말에 남자는 멈칫했다.

며칠이 지나 뒷집 남자가 급히 아버지를 찾았다. 마누라와 우리엄마가 있는 곳을 알아냈으니 같이 가자고 했다. 경기도 포천을 지나 연천 길로 접어들면 양계장이 많은 동네가 있다고 했다. 그곳의 막다른 길 끝까지 들어가면 개들이 많은 허름한 붉은 벽돌집이 있다고 했다. 뒷집 주인 여자의 남동생이 교주인 모양이었다. '영생 만끽교'라는 말에 아버지는 어이없는 표정이었다. 아버지는 가는 사람 잡지 않고 오는 사람 막지 않는다며 거절하자 뒷집 남자는 상소리를 퍼부었다.

엄마는 예전의 모습이 아니었다. 길에서 만나면 지나쳤을 것이다. 온몸 여기저기 노랗고 붉고 푸른데다 보랏빛에 갈색까지 다양한 멍 자국이 지도를 그린 것 같았다. 빈틈없이 빼곡하게 몸을 감싼 그 색깔은 뱀의 문신인 양 징그러웠다. 엄마를 아랫목에 뉘이고 이불을 덮어 준 아버지는 돌아앉아 담배를 피웠다. 모든 게 다 내 탓이다. 네 엄마한테 아무것도 묻지 마라. 그 말이 전부였다. 언니가 모처럼 집에 왔다. 생 닭 두 마리를 사들고 온 언니는 차마 엄마 얼굴을 똑바로 보지 못했다. 저녁상에 올린 푹 고와진 닭다리에 언니의 눈물이 누런 닭기름처럼 흘러 내렸다. 언니는 대학원 입학을 준비 중이라고 했다. 엄마의 모습은 언니를 망설이게 했다. 그러나 이제 와서 주춤거릴 건 없다. 말은 안 해도 엄마의 모습은 아버지에게 커다란 충격이었을 것이다. 어설 프게 세월만 보낸 아버지는 더 이상 꿈의 날개를 펴지 않았다. 동네 부동산 할아버지를 도와 등기부등본을 여러 번 떼어 준 것으로 인해 아예 부동산 일을 함께 하게 되었다. 늘 부초처럼 떠돌던 아버지가 이제야 정착한 거 같다. 아버지는 너무 먼 길을 돌아왔다. 요즘 와서 사는 게 별거 아니라는 말을 자주 한다. 우왕좌왕하던 아버지의 눈빛이 가라앉고 이른 퇴근시간에 고등어와 무를 자주 사들고 왔다. 아버지가 무를 큼직큼직하게 썰어 넣고 졸인 고등어를 엄마의 밥그릇에 얹어 주면 엄마는 몸을 사렸다.

공인중개사 시험을 봐야겠다며 밤늦도록 책과 씨름하는 아버지의 모습에서 삶의 활력이 느껴졌다. 비로소 내 마음은 안정을 찾았다. 고3이 되어서 나의 학교 성적은 몰라보게 좋아졌다. 주변 애들은 물론이고 담임선생님조차 깜짝 놀라 궁금해했다. 아버지는 그동안 내가 맡았던 부엌일을 대신했다. 초등학교의 짧은 시절을 빼고는 늘 쪼그라들었던 감정이 기를 펴는 거 같다. 아랫목에서 등 돌리고 누워만 있던 엄마가 서서히 기운을 찾자 걱정거리는 오직 하나 오빠소식이었다. 아무도 그 얘기를 꺼내지 않았지만 잊은 사람은 없다. 어쩌면 우리 가족은 무당의 저주가 풀릴 때까지 오빠가 안전하게 숨어 있기를 바라는 건지 모른다.

아침 뉴스에 첫눈이 왔다고 한다. 코스모스가 져버린 게 엊그제 같기만 하다. 베란다 유리문을 내다보니 보이는 건 모두 흰색으로 얇게 퍼 발라 놓은 거 같다. 첫눈 치고 소복이 쌓인 눈은 춘천을 떠나온 뒤로 본 적이 없었다. 춘천의 겨울이 유달리 추웠던 건지 1970년대 초가 추웠기 때문인지 그 당시에 자잘한 꽃무늬가 있는 솜 누비옷을 입었던 기억이 생생하다. 진한 군청색이 섬뜩하게 꽝꽝 얼어붙던 공지천. 그곳에 가보고 싶은 마음은 간절한데 내 발길은 한사코 그곳을 거부한다. 내가 죽기 전에 가볼 수 있을지 모르겠다.

오빠는 지금까지 가족의 꿈을 저버리고 있다. 간혹 K TV의 '사람을 찾습니다' 프로를 볼 때가 있다. 오빠처럼 장성한 나이라면 굳이 저 프로를 통하지 않고서도 가족을 충분히 찾을 수 있을 것이다.

이제는 신도시로 자리 잡은 H시. 우리가 예전에 살던 지역은 교회도 무당집도 아파트 단지에 묻혀 버렸다. 오히려 잘된 건지 모른다. 그곳에 돌아가 작은 아파트에 뿌리를 내린 부모님은 아직도 오빠에 대한 미련을 버리지 못한다. 오빠는 어디 있을까.

해설

어느 관찰자의 우아한 시선

－김영민 소설집 『카모테스』를 읽고

장두영 · 문학평론가

반복되는 지루한 일상을 벗어나 잠시 휴식을 취할 수 있는 3개월의 시간이 주어진다면 당신은 무엇을 할 것인가? 평소 시간을 내지 못해 소홀했던 취미생활을 마음껏 하겠다, 자격증 취득이나 어학 공부 같은 자기 발전을 도모하겠다, 어디론가 훌쩍 여행을 떠나서 한참 여유를 부려보겠다. 다만 선뜻 실행에 옮기기 힘들 뿐 기다렸다는 듯이 튀어나오게 되는 꿈에 부푼 대답들이다. 일하던 식당이 보수 공사 때문에 3개월간 문을 닫게 되자 해외 어학원 코스에 등록하여 필리핀으로 날아간 「카모테스」의 주인공이 우리의 꿈을 대신 실행해준다. 영어 공부와 여행을 병행할 수 있는 이런 참신한 방법이 있었다니, 무척 흥미롭게 소설 속으로 빨려 들어간다.

「카모테스」는 일인칭 서술자 '나'의 동선을 따라 필리핀 어학원 생활을 대리 경험한다. 비행기에 내려 S어학원 팻말을 든 남자와 만나는 일부터 해서 승합차를 타고 이동, 어학원에 도착해서 방 배정, 룸메이트와 대면, 레벨 테스트를 거친 영어 수업과 어학원 식당에서 먹는 맛없는 식사 등등. 소설을 읽다 보면 어느새 필리핀 어학원 생활에 동참하게 된다. 이 중에서도 제일 공감하는 소재는 학원식 영어 수업에서 빠지면 섭섭한 영어 이름 짓기. 나스타샤, 릴리, 리즈, 올리비아. 나열되는 영어 이름을 하나씩 주워들으면서 독자는 필리핀 어학원 영어 수업에 슬그머니 자리를 차지하고 앉게 된다. 릴리와 리즈가 어떤 특징이 있는 인물인지 하나씩 새기면서 소설 내용에 점점 빨려 들어간다. 조금의 어색함도 느껴지지 않는 매우 매끄러운 소설 도입부이자 인물 소개 방법이다.

독자를 잘 끌어들이는 이 작품이 제법 날카로운 '함정'을 파놓고 있었다는 사실은 작품을 한참을 읽고서야 밝혀진다. 주인공이 그곳 어학원에서 만나서 호감을 느끼게 된 일본 남자 다케다가 피살되는 사건이 발생하고 그 일로 인해 심리적 타격을 입게 되는 것이 이 작품이 숨겨두었던 함정이다. 어학원 생활에 흥미를 가지고 주인공을 따라 다녔던 성실한 독자라면 갑작스러운 국면의 전환으로 인해 당혹스럽고 큰 충격을 받을 수밖에 없다. 감탄, 놀라움, 동정이 뒤섞인 강한 감정 이입을 끌어내는 데 성공했다는 점을 볼 때 작가의 스토리텔링 솜씨에 후한 점수를 주고 싶다.

　나도 모르게 걸음이 빨라졌다. 아니 어느새 뛰고 있었다. 가슴속에서 쿵쾅거리는 소리가 들리는 것 같아 머리가 어지러웠다. 마주 오던 리트리버종의 연한 갈색 개가 내 쪽으로 다가오는 걸 보고서야 발걸음이 멈췄다. 개 주인이 목줄을 슬쩍 당기자 개는 내게서 시선을 돌렸다. 그제야 휴대폰이 울리는 걸 알아챘다. 보나 마나 지석일 것이다. 나는 휴대폰을 꺼버렸다. 머릿속을 정리해봐야 했다. 그동안 잠재워뒀던 필리핀에서의 끔찍한 기억이 깨어나고 있다.(「카모테스」)

　소설을 다시 읽어보면 이러한 함정은 작품 시작부터 전면에 노출되어 있었다는 사실이 더 흥미롭다. 바로 '회상'을 전제로 하고 있기 때문이다. 뭔가 불길한 일이 일어나고 말 것이라는 예고가 소설 시작 부분에 내려져 있다. 서술자가 처음부터 알려주었던 사실이지만 주인공 '나'의 동선에 따라 이리저리 다니면서 필리핀 어학원 생활에 같이 적응하느라 잠시 잊고 있었을 따름이다. 그래서 함정에는 뭔가 묵직한 한방을 얻어맞은 듯한 느낌이 더해진다. 아차 싶은 감탄도 덩달아서 터져 나온다. 함정의 충격도 충격이지만 그것을 배가시키는 것이 회상을 전제로 한 서술 기법이 되는 셈이다.

　「카모테스」만이 아니라 이번 소설집에 수록된 여러 편의 작품이 회상을 활용한다. 예를 들어 「성형충」은 최 영감을 내쫓은 이후에서 시작해서 과거로 거슬러가서 내용을 전개하므로 일종의 회상이다. 또 「블랙타운」의 도입부에서 들리는 '꽹과리 소리'는 열 살 때의 기억을 되살려낸다. 「어디 있을까」 역시 춘천에서 열린다는 인형극 축제를 촉매로 하여 주인공의 고향인 '춘천'과 관련된 옛 기억이 떠올라 그것이 소설의 내용을 이룬다.

이처럼 여러 작품의 서두에서 반복적으로 나타나는 것이 시간의 역행인데, 이는 모든 일이 다 발생하고 난 뒤 과거를 되돌아보는 시선이다. 앞으로 무엇이 벌어질지 모르는 상황에서는 '불안'이나 '두려움'의 감정 형식으로 나타나겠지만, 부정적인 일이 과거에 발생했고 그것을 되돌아보는 시점에서는 '후회', '미련', '아련함', '애달픔' 등의 감정으로 나타난다. 시간을 되돌릴 수는 없는 노릇이니 회상에는 일정한 '체념'이 스며들어 있고, 흘러간 시간만큼의 간극이 엄연히 펼쳐져서 어쩔 수 없이 '관조'하는 방식으로 사태를 목격해야 할 수밖에 없다. 이러한 복잡다기한 조건들이 엮어지면서 과거의 상처를 일정한 거리를 두고 바라볼 때 생기는 독특한 미학적 효과가 산출된다. 어느 관찰자가 무심한 듯 우아하게 시선을 주고 있는 모습이 떠오른다. 그러한 관조의 시선에는 체념이 깊게 배어 있기에 넓게 퍼지는 여운 속에서 슬픔, 쓸쓸함, 고독감이 너울거린다.

짐을 정리하다가 일층 세탁실로 내려갔다. 세탁물을 찾는
데 다케다의 방 번호 선반 위에 카모테스의 야자수 그림이 그
려진 티셔츠가 개어져 있었다. 눈물이 핑 돌았다. 그 티셔츠를
내가 찾아야 되나 망설이는 걸 세탁실 아주머니가 알아챘나보
다. 딱딱한 영어로 네가 가져갈래, 라며 내 코앞에 들이댔다.

글을 깨우치지 못한 필리핀 아주머니는 작대기 형태의 상
형문자 같은 표시로 몇 십 명의 세탁물을 전혀 헷갈리지 않고
오차 없이 분류해둔다. 그런 총기가 나와 다케다의 관계도 빨
래집게로 집어 두었었나보다. 내 손아귀에서 바닷물이 빠져나
가듯 다케다의 모든 흔적은 사라지고 오직 카모테스의 야자수
그림 티셔츠 하나만 덜렁 남았다.(「카모테스」)

위의 인용은 다케다의 부재를 감각적으로 표현한 대목이다.
빨래집게로 '집어서' 과거 두 사람의 관계를 표현하다니. 또 죽
은 자의 흔적이 사라지고 결국에는 영결을 할 수밖에 없다는 사
실을 손아귀에서 바닷물이 빠져나간다고 비유하다니. 바닷가에
서 이인삼각 경기를 할 때 다케다와 '나'의 다리 하나씩을 묶었던
티셔츠가 이제는 덩그러니 남아 오랫동안 상처를 상기시킬 것이
다. 그것이 남은 자가 묵묵히 견뎌야 하는 '회상'의 방식이다. 여
기에 이를 때 소설은 영화의 한 장면으로 변한다. 감각적인 오브
제와 그것을 통한 이미지의 병치를 통해 복잡한 감정 상태를 그
야말로 '표현'한다. 섬세한 감정의 처리 방식이고 읽는 이의 마

음을 계속 펀치 못하게 한다는 점에서 성공적이다.

한편 「카모테스」에서는 막 교제를 시작하던 다케다의 사망만 이 상처가 되는 것은 아니다. 작품에서 상처는 곳곳에 흔적을 남기고 있다. 지석과의 예상되는 결별도 또 하나의 상처다. 구체적으로 나오지는 않았지만 필리핀 어학원의 리즈가 지석의 어머니라는 사실과 연결되면서 지석과의 결혼을 포기하게 되리라는 예상이 가능하다. 돌아가신 '나'의 엄마는 어떠한가? '나'가 영어 이름을 '나스타샤'로 정한 것은 엄마가 죽음을 맞이하기 얼마 전 자신과 동갑인 나스타샤 킨스키는 어떻게 사는지 궁금하다는 질문 때문이었다. 엄마가 돌아가신 뒤 13평 아파트에서 혼자 쓸쓸 하게 생활하는 모습을 볼 때 아직 엄마의 죽음이 현재진행형인 상처 목록에 올라가 있음이 분명하다. 이처럼 관조의 시선 속에는 소설의 본격적인 스토리로 다루지 않은 추가적인 상처의 흔적이 슬그머니 엿보이고 있으며, 이러한 상처의 중첩과 반복이 작품을 더 깊은 감정의 웅덩이로 이끈다. 「성형충」의 결말부에서 "이제 계피향의 냄새는 나지 않는다. 퀴퀴한 냄새도 없어졌다. 그런데도 마음은 영 불편하다. 뭔가 가슴속에 응어리가 걸려 있는 것 같다"라는 박 여사의 생각은 이를 잘 표현한다. 슬픔의 상처에 관한 스토리는 끝났지만, 여전히 감정의 응어리는 해소되지 않은 채 독자의 뇌리에 오랫동안 머문다는 것이다.

한편 필리핀 어학원에서 사귄 남자를 일본인으로 설정한 것도 눈길을 끈다. 한국인과 일본인의 사랑은 「배추흰나비」와 「우리 집에 왜 왔니, 왜 왔니」에서도 동일하게 반복된다. 「배추흰나비」에서는 태인과 시카, 현덕과 후지오의 결합을, 「우리 집에 왜 왔니, 왜 왔니」에서는 미려 왕자와 미야코의 결합이 나온다. 두 작품은 공통적으로 배경이 독특하다. 역사적인 사건이나 인물, 소재를 채택한 것이 아니라 역사소설에 포함시킬 수는 없을 듯한데, 시간적 배경은 천 년 이상 거슬러 올라가는 고대가 아닐까 싶다. 두 작품 모두 왕자가 볼모로 다른 나라에 머물게 되는 내용을 다루는데, 볼모로 간 그 나라에 관계된 지명이나 풍습 등으로 미루어 볼 때 고대 일본을 배경으로 하는 듯하다. 또 왕자를 포함하여 왕자의 나라에서 건너간 사람들은 한국식 성명을 가진 사람이라, 사실상 한국과 일본의 왕래를 큰 배경으로 삼는다.

왜 한국인과 일본인의 사랑이냐는 질문에 대한 답은 나중에 작가에게 들어보아야 하겠지만, 적어도 소설 창작 과정에서 일본인과 일본을 향한 작가의 관심이 반영된 결과라는 점은 분명해 보인다. 특히 오사카 코리아타운을 배경으로 한 「츠루하시」를 보면 단순한 소재적인 호기심이나 취향이 아니라 깊이 있는 이해와 지속적인 관찰이 바탕에 깔려 있다고 유추할 수 있다. 적어도 대여섯 번 이상 그곳을 방문해야만 가능할 듯한 세밀한 묘사도 무척 인상적이다. 이러한 일본의 역사, 풍습, 미적 감각에 관한 관심은 작가가 지닌 독특한 특징으로 지적될 수 있다. 단적으로 「배추흰나비」의 된장 냄새라는 후각적 이미지는 실패로 종결된 사랑에 관한 미련과 후회와 체념 그리고 후련함이 뒤섞인 감정, 일본식 풍습과 건축 양식, 지방 특산물에 관한 정보, 한국과 일본 간 교류의 역사 등 다양한 의미와 의의를 집약적으로 표현하는 효과적인 기법적 장치로 기능한다.

현덕은 이제 영영 태인을 가슴에 묻는다. 무겁게 짓누르던 바윗돌이 비로소 홀가분하게 사라졌다. 현덕은 어두운 마루를 버선발로 미끄러지듯 걸어간다. 후지오의 부드러운 목소리가 금세 그립다. 복도를 꺾어 돈다. 진한 된장냄새가 슬쩍 스쳐간다. 갑자기 눈앞이 캄캄하다. 숨이 막힌다. 누군가 현덕에게 보자기를 씌우고 목을 조르고 있다. 현덕은 마룻바닥에 널브러져 손과 발을 버둥거린다. 하얀 버선을 신은 발이 나비의 날갯짓 같다. 후지오의 이름을 부르지만 소리가 되어 나오지 않는다. 현덕은 난파된 배 밑으로 끝없이 내려가는 것 같다. 머리 위에서 비추던 빛이 점점 멀어진다. 머리 위로 휘젓던 현덕의 두 손이 어느새 아랫배를 감싸고 있다. 잠시 후 현덕이 누워 있는 조용한 복도에 흰 나비 한 마리가 잘못 들어와 헤매다 겨우 뜰로 나간다. 복도에 옅은 된장냄새가 남아 있다.(「배추흰나비」)

여기서 된장냄새는 일본식 된장의 냄새이리라. 같은 듯하면서도 미묘하게 다른 이국적인 느낌을 자아낸다. 바로 이러한 미묘한 차이에 관한 섬세한 포착이 작가의 개성적인 면모로 이어진다. 일본을 배경으로 한 「배추흰나비」, 「우리 집에 왜 왔니, 왜 왔니」, 「츠루하시」에는 벚꽃이 강렬한 이미지를 연출한다. 하지만 벚꽃으로 일본적 분위기를 표현하는 것은 너무 식상하다. 벚꽃을 주된 배경으로 하고 있지만 벚꽃보다는 미묘하게 슬쩍 스쳐가는 일본식 된장 냄새가 일본에 관한 평균적인 상식을 뛰어넘어 차별적인 분위기의 연출로 이어진다. 「츠루하시」에 나오는 간장 냄새도 미묘하게 분위기를 자아내는 소설적 효과를 발휘하기는 마찬가지다. 이렇듯 사소하지만 결코 가볍게 넘길 수 없는 작은 디테일이 하나씩 모여 아스라이 반짝이는 찬란한 슬픔의 냄새로 응집된다. 상당히 강렬한 슬픔의 냄새다.

넓게 보면 필리핀 어학원에서 일본인과 교제하다가 서울로 돌아온 것이나 볼모로 일본에 갔다가 돌아오는 것은 크게 다르지 않다. 고향으로 돌아오는 존재들, 그러나 고향으로 돌아왔으면서도 계속해서 고향을 그리워할 수밖에 없는 존재들에 관한 이야기가 이번 소설집에 수록된 여러 작품에서 반복된다. 고향으로 돌아가는 발걸음은 회상의 작업을 동반한다. 고향과 어린 시절의 회상 자체를 다룬 「어디 있을까」와 같은 작품도 같은 연장선에서 읽을 수 있다.

「어디 있을까」는 춘천에서 서울로, 다시 H시로 갔다가 서울로 되돌아오는, 한 가족의 신산한 이동 경로를 따라 펼쳐진다. 서울과 H시에서 벌어지는 험난한 여정에 앞서 어린 시절 춘천에서 있었던 일을 다룬 내용은 1970년대 생활양식과 대중문화, 서울이 아닌 춘천이라는 지방의 특색 등이 어울려 독자를 깊이 끌어들인다. 창작에 작가의 자전적 경험이 어느 정도 작용했으리라 짐작되는데, 1970, 80년대에 유년기나 청소년기를 거쳤던 독자들이라면 특히 공감하면서 읽을 수 있는 소재이다. 아마도 생생한 묘사가 공감을 끌어낸 원동력이 아닐까 싶은데, 작품 초반부 작은방 책장에서 꺼낸 앨범 맨 첫 장에 있는 "베트남 난민수용소에서 찍어 온 듯한 흑백사진 한 장"에 관한 소개로 시작하는 것처럼 이 작품은 아련한 추억을 생생하게 떠올리게 하는 낡은 스냅사진 같은 느낌을 준다. 아프다고, 슬프다고 할 수 있을 과거의 기억을 거리를 두고 회상하는 방식은 소설집에 수록된 여러 작품에 두루 걸친 구도이다.

회상은 가족에 대한 그리움으로 이어진다. 과거의 회상이 아닌 현재의 좌절과 실패를 다룬 「오! 해피데이」와 「허니 제과점」은 결여된 가족애를 근본 주제로 설정한다. 가족이 없거나, 가족과 이별하는 인물이 등장하여, 부재하는 가족에 대한 갈망을 드러낸다. 가족을 그리워하는 것은 고향을 그리워하는 것과 여러모로 닮아 있다. 가족의 부재, 가족에 대한 그리움을 담아낸 작품 계열은 이 점에서 고향을 회상하거나 고향으로 돌아가는 계열의 작품과 연결된다.

「오! 해피데이」에는 두 명의 일인칭 서술자가 번갈아 가면서 나온다. 하나는 보육원 출신인 강아지 산책도우미, 다른 하나는 강아지의 주인이자 카페 '오! 해피데이'의 주인인 윤 여사다. 이들의 공통점이 바로 가족애의 결핍이다. "나같이 부모 없는 고아"라고 스스로를 규정하는 산책도우미는 작품의 시작부터 끝까지 가족의 부재를 강조한다. 강아지 산책도우미라는 호구지책 역시 보육원에서 터득한 생존법의 하나이며 고아 출신으로 사회적 냉대를 극복하며 고군분투하며 살아간다. 그의 꿈이자 목표가 옥탑방을 마련하여 보육원 후배들을 불러 모아 '가족'을 일구는 것으로 설정된 것에서도 가족에 대한 집착과 갈망을 확인할 수 있다. 윤 여사는 남편과 이혼함으로써 가족이 깨어진 상태, 자식을 갖지 못하던 터라 강아지를 애지중지 키웠는데 그것도 사업 실패로 인해 더이상 바라지 못하는 상태, 사람 가족과 반려견 가족 모두를 잃은 상태다.

「허니 제과점」도 크게 다르지 않다. 혼자 쓸쓸하게 살아가는 주인공이 등장하여, H와 결합하여 가족을 이루어보려는 꿈도 갖지만 결국 실패하는 이야기다. 다시 돌아온 연인 H의 수완으로 인해 제과점 장사가 잘될 때도 주인공은 늘 불안해한다. H가 한번 떠났던 적이 있어서 그런지 H가 자신을 버리고 떠날 것에 대한 두려움이 강하게 자리한다. 잠깐의 희망과 꿈은 걱정하던 대로 H의 배신으로 인해 산산이 조각난다.

겨우 정착하려나, 했더니 결국 아웃되었다. 지난 24개월이 내게는 마치 십여 년의 시간이 흐른 것만 같다. 지난번에는 H가 찾아와서 재기했지만 지금은 H가 나를 이곳에 구겨놓고 떠났다. 한 번도 아닌 두 번의 남겨짐이 오히려 편한 것이 이상했다. 감정적인 경험도 쇠처럼 단련이 되는 걸까.

이제 '허니 제과점'의 간판은 사라질 테고 나에 대한 소문은 한동안 떠돌다 잊혀질 것이다. 내가 이 세상을 등질 때 나를 아쉬워 할 사람은 과연 누굴까라는 생각에 잠시 멍해진다. 어쩌면 H가, 아니 허니라면 나를 기억해 주겠지만 그게 무슨 의미가 있단 말인가. 새로운 시작은 내가 없음에 아쉬워해 줄 누군가를 만들기 위해서가 아닐까.(「허니 제과점」)

문제는 H의 배신 후 주인공이 보인 반응이다. 그는 H를 욕하지 않는다. 홀로 남겨짐을 오히려 편하게 여긴다. 이 점은 스스로도 이상하다고 느낄 정도다. 누군가와 가족을 이루고 사랑하며 살고자 하는 욕망이 주인공에게 없을리야 없다. 당연히 슬퍼해야 하는 상황에서 슬퍼하지 않는 상태, 어떻게 보면 사태를 우아한 시선으로 내려다보는 작가적 시선의 발현이라고 볼 수도 있을 이 상태는 역설적으로 읽는 이의 마음속에 동요를 일으키기에 충분하다. 너무도 압도적인 슬픔은 슬퍼할 여유조차 허락하지 않는 것일까. H를 원망하거나 스스로 자책하지 않고 무덤덤하게 외로움을 받아들이는 주인공의 모습이 한없이 답답하고 안타깝다.

우아한 시선의 관찰자는 철저한 리얼리스트이면서 냉소주의 자다. 하지만 비관론자를 뜻하는 것은 아니다. 소설집에 수록된 여러 작품에서 사태를 견디려는 의지가 엿보이기도 한다. "물 흐르듯 살아가는 와중에 부딪혀오는 나뭇가지나 쓰레기 조각을 만나면 그저 흘러보내면 될 일이다." K와 만나려던 「오! 해피데이」의 주인공이 K가 나타나지 않았어도 포기하지 않듯 말이다. 물론 억지스러운 해피엔딩 같은 순진하고 허술한 해결 방식은 관찰자의 우아한 시선이 용납하지 않는다. 슬프고 상처투성이인 풍경을 냉정하게 관찰하면서도 희미하게 솟아나는 가능성을 놓치지 않고 있다고 말하는 게 더 낫겠다.

「블랙타운」은 앞서 언급한 이번 소설집에 수록된 작품들이 보인 여러 가지 특성을 한꺼번에 가진 작품이다. 작품은 꽹과리 소리가 환기한 어린 시절 기억의 회상으로 시작한다. 그 기억이란 "우리집 문간방에 세 들어 살던 모녀가 굶어 죽자 어머니가 무당을 불러 살풀이"를 한 일이다. 죽은 모녀를 향한 어머니의 매몰찬 태도가 주인공에게 깊은 트라우마로 남았다는 것이 소설이 전개되면서 서서히 드러난다. 「성형충」에서 계속 남아 있는 듯한 가슴속 응어리 같은 것이라고 할까, 죄책감과 부끄러움, 혐오 등의 감정이 잠재되어 상처가 되었다.

224

소설의 주인공이 외로움에 익숙하다는 점도 다른 작품들과의 공통점으로 꼽을 수 있다. 고아, 이혼, 사별, 실연 등 저마다 이유는 다르지만 이번 소설집에 수록된 작품에 나온 주인공들은 대체로 혼자서 외롭게 생활한다. 「블랙타운」의 주인공은 "혼자 있는 시간에 익숙한 나는 음악도 틀지 않고 아무 소리 없음을 즐긴다"라고 밝힌다. 우리는 앞에서 보았다. 자신은 외롭지 않다고 아무렇지도 않은 듯 무심하게 말하는 바로 그 모습이 실제로는 더 애처롭고 안쓰럽다는 것을. 다른 작품에서 나온 것처럼 가족애를 향한 갈망을 의식적으로나 무의식적으로 숨기고 있는 것이 아닐까 싶다.

또 한 가지 다른 작품과의 공통점은 '개'라는 소재가 나온다는 점이다. 대충 꼽아보자면 「카모테스」의 골든 리트리버, 카모테스의 개들, 「성형충」의 진돗개 진이, 「오! 해피데이」의 오이와 가지, 「허니 제과점」의 허니, 「어디 있을까」의 쫑 등이 있다. 다만 다른 작품에는 대부분 애완견, 혼자 사는 주인공의 고독감을 완화해주는 반려견이 나오지만, 「블랙타운」에서는 재개발 지구의 우울하고 부정적인 면모를 부각하기 위해 '버려진 개'가 나온다. "역삼각형의 얼굴이 언뜻 보기에 회색 여우같이 생겼지만 개임에 틀림없다." "자세히 보니 배에 불룩한 혹이 덜렁거리고 군데군데에 털이 뭉텅뭉텅 빠져 있다." 도심에서 간혹 발견할 수 있는 유기견이지만 주인공은 무심코 지나칠 수 없다. 몇 년 전

버려진 집 대문에 묶여 있던 개를 내버려 뒀다는 죄책감, 더 거슬러 올라가 굶어 죽은 모녀에 대한 죄책감과 몰인정했던 어머니를 향한 원망이 되살아나기 때문이다.

「블랙타운」의 주인공이 다른 작품에 나온 인물들과 뚜렷한 차이를 보이는 것은 그가 사태를 극복하기 위한 행동을 시작한다는 점이다. 그는 처음에는 되살아난 묵은 감정을 외면하고자 한다. "그때그때 느끼는 감정을 털어내지 못하고 가슴에 차곡차곡 쌓아가면서도 누군가와 같이 어우러져 나의 감정을, 혹은 생활을, 영역을 함께하고 싶지는 않다." 솔직한 고백이다. 외롭고 고통스럽지만, 상처를 극복하려 시도하면서 받게 될 또 다른 상처가 너무 두렵기 때문일까? 요즘 같은 세상에서 타인의 고통에 선뜻 나서지 못하는 사람을 향해 비겁하다고 돌을 던질 사람이 과연 누구일까? 오늘날을 살아가는 우리 자신들을 되돌아보게 하는 솔직한 고백이다.

다시 그곳으로 돌아갔다. 그곳에는 또 어디선가 꽹과리 소리가 들리는 듯하다. 꽹과리의 이명 속에서 죽은 모녀와 외면하던 어머니를 머릿속에 떠올릴 시점에 어미 개가 죽어 쓰러져 있고 그 옆으로 새끼 한 마리가 누워있는 모습이 포착된다. "지난 몇 년간 내 가슴의 돌덩이가 이것이었을까." 쏟아지는 빗속에서 주인공은 새끼를 감싸 안았다. 새끼를 자신의 집으로 데려가는 것이다. 지금까지는 사람 사는 온기를 느낄 수 없었던 모델하우스 같았던 집이지만, 데려가는 강아지 한 마리로 인해 이제는 집안 온도를 높이고, 죽을 끓이고, 목욕을 시키는 번잡스러운 생활이 펼쳐질지도 모른다.

　　왼쪽에 안긴 새끼의 숨이 느껴졌다. 갑자기 신명이 나기 시작한다. 귓가에 꽹과리 소리가 울리는 것 같다. 집안에 보일러를 틀어놓은 것처럼 내 몸속의 피가 빠르게 도는 것 같다. 어깨가 절로 들썩여진다. 내가 원래 흥이 있는 사람이었던가. 내 몸속의 기질을 오랫동안 잊고 살았었나. 꽹과리 소리뿐이 아니다. 북과 날라리, 장구까지 곁들여진다. 머릿속에서 상모꾼이 공중회전을 한다. 그러고 보니 나는 너무 오랫동안 혼자 살아왔다.(「블랙타운」)

죄책감과 원망을 상기시키며 고통으로 날아오던 꽹과리 소리가 이처럼 극적인 변화를 겪는 장면이 놀랍다. 품에 안은 새끼의 심장이 뛰면서 내는 소리 같기도 하고, 얼어붙어 있던 주인공 '나'의 심장이 따뜻하게 되살아나면서 내는 소리일 수도 있다. 무엇이든 상관없다. 잊고 있던 몸속의 흥을 일깨우는 소리라는 것, 역동적인 힘을 가진 소리라는 것, 거대한 '블랙'에 맞설 용기를 북돋우는 소리라는 것이 중요하다. 그토록 갈망하던 하나의 가족이 탄생하는 순간에 들리는 신명 나는 소리다. 우아하게 지켜보기를 계속하던 관찰자는 리얼리스트이자 냉소주의자이면서 동시에 이상주의자였는지도 모르겠다. 소설적 공감이란 이 같은 꽹과리 소리에서 나올 수 있지 않을까. 결국 어느 관찰자의 우아한 시선은 진정성을 향하고 있었음을 알게 된다.

작가의 말

오랫동안
나는,
굳이 말하지 않아도 알 거라고
생각했다.
내가 소리 내어 말하지 않은 건
아무도 알아주지 않았다.

오랫동안
나는,
네모난 상자 속에
틀어박혀 있었다.
내가 나서지 않은
많은 일은
그저 시간에 묻혀
아무것도 아닌 것이 되어버렸다.

말하지 않은 것과
쓰지 않은 건
다 사라져 버렸다.